方代を読む

阿木津　英

現代短歌社

山崎方代（昭和 56 年 2 月方代草庵にて）

目次

Ⅰ　方代短歌の謎を解く――『迦葉』散策　5

Ⅱ　方代が方代になるまで　137

方代を読む

Ⅰ

方代短歌の謎を解く――『迦葉』散策

民衆

山崎方代は、一九八五（昭和六十）年八月十九日、肺癌による心不全のため、国立横浜病院の一室で没した。肺癌の判明したのは前年十二月のこと。三月には摘出手術をしているが、おそらく病状は進行していた。

最後の歌集となる『迦葉』あとがき草稿は八月十三日に口述したが完成せず、「うた」十月号に遺詠「蟬」五首が掲載された。つぎは、その五首目。

　病院の窓の内より民衆に笑みを送りて祝福申す

『迦葉』（十一月末刊行）には入っていない。絶詠であり、この世を去るにあたっての最後の挨拶の歌である。

高い窓のしたには「民衆」があふれんばかりに埋めつくし、歓呼の声をあげながら手をふっている――そんな光景が見えてきて、なんとまあ、と、なかばあきれながらわたしは笑う。方代はいま満面に笑みを湛えながら、窓から大きく身を乗り出すようにして別れの手を振る「英雄」である。病院の窓はいつのまにか列車の窓のようなものに変じ、「英雄」方代を乗せて空高くへと出発する。つねに「民衆」とともにあって、「民衆」のために粉骨砕身した革命家。彼をたたえる歓呼の声、応えて大きく手を振る革命家の祝福の笑み、互いのあいだには限りない善意が満ちあふれている——。

このような光景が浮かぶのは、ひとえに「民衆」という語があるからだ。方代が「民衆」を上から対象化してマッスとしてとらえるまなざしをもっていたことを意外にも思い、その無邪気さに笑いもしたが、しかしひるがえって思えば、彼は「民衆」というロマンチシズムを終生信じた歌びとだった。

人々へ向かうあふれるような無邪気な善意と祝福、これこそは、方代の歌の根底にあるものであった。これゆえに、いかにも親しみやすく気楽で庶民的であるにも関わらず、方代の歌は格を保つ。

たとえば、つぎのような、ボーリング大会「開会の挨拶」替わりの詩（大下一真著『山崎方代のうた』（短歌新聞社））がある。方代は、一九七二年五十八歳の年、鎌倉飯店店主根岸侊雄が自宅の敷地内に建ててくれた四畳半のプレハブの家に移った。その鎌倉飯店常連連中で作ったボーリングクラブが開催した大会でのことだ。

こがね色に空がきはだつて
鎌倉山の嶺みねを
幾重にもわかてば
もうゆく秋の風が
うおう　うおうと
心の底深く
そこはかとなく
しのびよっ《ママ》て来るこの頃
今日今宵
やはらかき灯のもとで
日ごろのうでと心をきそひ合う《ママ》ことの
この楽しさは
いづこより来る
さはさりながら
この国の私達の日常は
実にめくるめくして

さびしく　けはしく
ともすれば人間よしみの
愛憎の世界も忘れかけようとしてい《ママ》る時に
おのず《ママ》からここに
したしい若い仲間が集い《ママ》より
るり色の
ボーリングの名のもとで
あたたかい　そして
まことこまやかに
いと高い愛情をそそぎあい《ママ》
青春の光の野辺に立ちはだかり
人間万歳をくり広げることは
かならずあしたの生活に
明るい灯がともることを
はばかりません
これをもっ《ママ》て

開会の言葉とします
今宵十月二十五日

一ちまたの名もな無《ママ》き詩人　山崎方代

ここには、方代の歌の秘密をうかがわせるようなおもしろみがある。方代語法とでも名づけたいような「私達の日常は実にめくるめくして」「光の野辺に立ちはだかり」「灯がともることをはばかりません」。ほとんど気分まかせの語の連なりだが、これが決して放縦には流れない。よくコントロールされ、一見舌足らずな語法はかならず詩的なおもしろみへと転じられている。また、季節から入り、「今日今宵」の楽しさを言い、その意義と「あしたの生活」への希望を唱えて終って、「開会挨拶」としての結構は整っている。一見破格に見えるが、型はきちんと踏んでいるのである。

口から出まかせのように見えて、じつはきちんと型を踏み、語の扱いの上にもコントロールの効いているところ、これこそは方代の歌の第一の秘密であろう。

さらに、この詩、意外に品の良いことにも気づく。格を保っている。子どもの詩もしばしばブロークンな語法を使うが、そこには格というものはない。方代の詩にはまぎれもなく、それがある。

「この楽しさはいづこより来る」という遊びの無邪気さ。「人間よしみの愛憎の世界」（憎の入っていることにも注意）のうすれつつある「この国の日常」のなかでの、親しい睦み合い、愛情のそそぎあい。ボーリングという無邪気な遊びにわれを忘れる「若い仲間」たちへの、あふれるような祝福――。

「名も無き詩人」が、むつび合う若い仲間たちに祝福を贈るという空想。詩の格は、そこから生まれ出ているのである。

しかし、方代の歌に流れるこの通奏低音――人々へ向かう無邪気な善意と祝福――が、はっきりと自覚をともなっておもてに現れるようになったのは、最後の歌集『迦葉』においてであった。そう言ってよいように思う。

以下、歌集『迦葉』を気ままに散策しつつ、一見、種も仕掛けもなさそうな方代の歌の、その謎を探ってみよう。

ぜんまい

あさなあさな廻って行くとぜんまいは五月の空をおし上げている

「廻って」は、「まわって」と読もうか。ぜんまい摘みの経験はないが、図鑑を見ると、胞子葉と栄養葉の二種類が春に芽を出すという。俗に胞子葉をオス、栄養葉をメスと言って、オスの方は食べないそうだ。やわらかい赤褐色の綿毛をあたまに被り、それを突き破って胞子葉はくるくる巻きの突起のような緑を出し、栄養葉は双葉をのばす。

「五月の空をおし上げている」のは、オスの胞子葉だろうか。山菜摘みが好きだった方代は、固くて食べられない胞子葉の方は摘み残しただろう。朝毎に山歩きをしながら見ていると、ある日それが綿毛をやぶって真新しいさみどりの色を突き出した。五月の明るい空のひかりのもとに。

「あさなあさな廻って行くと」は、どこかねじれた語法である。「朝ごとに同じルートを廻っているが、今日行くと」を圧縮したような語の繋げかたで、「あさなあさな廻っていると」でもよさそうなところだが、しかし、ここは必ず「行くと」でなければならない。「行くと」だからこそ「ぜんまいが五月の空を」以下が眼前に見えてくる。ぜんまいに出遭った、行きあった、という感じが生まれる。

また、「どこを」を省略したこと、これがすごい。この省略によって、「あさなあさな廻っ」てゆくというわれの行動の軌跡が、ぜんまいのくるくる巻きと重なり合う。おかしみをともなったくるくる巻きの線描が歌から生まれ出る。

「あさなあさな廻って行くとぜんまいは」、ここで語は一気に「五月の空」へと大飛躍。小さなぜんまいのくるくる巻きのさみどりの、ぴちぴちとした生命力。生命力に同化して頌えるこころが、「五月の空をおし上げている」とうたわせる。

くるくる巻きのみどりのこぶしが、さわやかな五月の全天をおし上げている。

石の笑い

しののめの下界に降りてゆくりなく石の笑いを耳にはさみぬ

「かりそめにこの世を渡る」十二首中の最後の歌。一連には次のような石の笑う歌もあった。

不二が笑っている石が笑っている笛吹川がつぶやいている

「しののめの下界」も、きっと不二の山が遠くに見える笛吹川の川原だろう。笛吹川を実際に見たことはないが、山が近くに迫って石ころだらけの川原があり、遠くの空にはうっすらと不二の嶺が見えているような、そんな場所がおのずと眼前に浮かんでくる。それは、方代のつくり出してくれる風景である。

方代に「石」の歌は多い。石の笑う歌も早くからあらわれていた。

沈黙を尊しとして来たるゆえ石の笑いはとどまらぬなり　「泥」二号　昭和三十四年四月

しののめの下界に立ちて突然の石のわらいを耳にはさみぬ　「寒暑」創刊号　昭和四十六年九月

右に引いた昭和三十四年、方代四十五歳の「石の笑い」は、〈おもむろにまなことずれば一切の塩からき世は消えてゆくなり〉のような歌とともに現れている。〈塩からき世〉を生きる歌のなかで、たった一つ嵌めこまれたような「石の笑い」である。

それから十二年後、掲出歌の原型と言ってよい歌が生まれた。「しののめ」は、東雲とも書き、暁・明け方。枕言葉でもあるが、ここでは「明け方の」という意。方代が好んだ韻きの語なのだろう、愛着のまつわりを語に感じる。

「下界」は、仏教語で人間界・欲界をさすという。単純に高いところから見下ろしたあたりをいうこともあるが、ここにはやはり、天上界から人間界に落っこちて立ったとき、という空想がある。笛吹川の石ころだらけの川原のようなところに、気がついたら立っていて、ふと耳に石の笑いが聞こえた。そんなお話を作っている。

昭和四十六年前後は『右左口』時代だが、右掲出歌は歌集には採られていない。納得のできないところがあったものと見える。

しののめの下界に降りて来たる時石の笑いを耳にはさみぬ
東山梨郡牧丘町加田幸治邸の歌碑　昭和五十五年三月

しののめの下界に降りて来たる時・石の笑いを耳にはさみぬ
「かまくら春秋」昭和五十五年八月号

しののめの下界に降りてゆくりなく石の笑ひを耳にはさみぬ
「うた」昭和五十五年十月

さらに九年を経て、昭和五十五年、この歌が再びあらわれた。「突然の」を消し、「立ちて」を「降りて」に換えた。これで「立ちて」に感じられる物体としての重さが無くなり、歌が「石の笑い」に似つかわしい軽やかさを帯びてきた。「突然の」の削除はもちろん、言うまでもなく原作が無雑作すぎたのである。歌碑の歌としたのは、当時の方代としてはかなりの自信作でもあったことをしめすだろう。

ところが、五ヶ月後、歌はさらに変貌してゆく。

「かまくら春秋」三首の題は「石が笑っている」。歌碑の歌を得て、「石の笑い」というモチーフが改めて方代のこころをとらえた。ところが、「降りて来たる時」の「時」の切れがどうも決まらないことに気づく。不安定なのだ。それで「・」を入れて補強し、しっかりと切れるようにしなければならなかった。

しかし、やはり「・」は弥縫策でしかない。さらにようやく二ヶ月後、「来たる時」の第三句が「ゆくりなく」に置き換えられた。しののめの下界に降りてゆくりなく石の笑ひを耳にはさみぬ——ついに歌は軽やかに飛翔する。これはすばらしい歌の飛躍である。これで説明的な調子をすっかり免れた。いままでの歌とは次元を異にするものとなった。

「ゆくりなく」は、「ゆくりなし」の連用形で、不意に・思いがけなくという意味の古語。現代人が使うと気取りが鼻につくことの多い語だが、この歌ではぴたりと決まる。「しののめの」とよく調和する。

まるで風のたましいが空を滑って降りてきたようだ。天界のものとも下界のものともつかず、どちらをも自由に行き来できるようなそんなものが、軽やかに透明にすうっと降《くだ》ったとき、くすくす、くすくすと石が笑うのを小耳にはさんだ。石はうれしいのである。しののめの下界に滑り降りてきたものを知って。

〈補記1〉「石の笑い」という語の初めて現れた昭和三十四年作「沈黙を尊しとして来たるゆえ石の笑いはとどまらぬなり」は、

おもむろにまなことずれば一切の塩からき世は消えてゆくなり
坂越えて急ぐひとりの方代の涙を月は見たであろうか
誤って生まれ来にけりからす猫の見る夢はみな黒かりにけり

といった、いわば涙のなかに嵌め込まれた「石の笑い」であった。

交友のふかかった岡部桂一郎氏はこの時期の方代を、「生きるための暮しにふかい行き詰まりと絶望を感じていた。一日も早く（この世を）終りたいというのは方代のカッコよさをねらったものではなく、実は彼の本音だったのだ」（『山崎方代追悼・研究』不識書院）と書く。

この時期の「石の笑い」という語がいくばくこわばってこなれないのに比べて、〈しののめの下界に降りてゆくりなく石の笑いを耳にはさみぬ〉とうたう『迦葉』の時代、こんなにも屈託無いたのしい「石の笑い」を成就できたのは生活がそれなりに功成り名を遂げ、心に余裕のできた反映だろうなどと、わたしたちはつい納得しがちである。

そうではない。そう解釈してしまっては、生活の如意不如意が歌を決めていくという論法に陥り、どうにもならない。不如意な生活が意を得るやたちまち精神がぶよぶよになり、増長し、歌を駄目にしてしまうのが、通常人だ。方代の足元にも罠は口をひらいていただろう。そこを賢明にも避け得て、『迦葉』の「石の笑い」の屈託ない世界が成就した。創作者としての厳しい闘いがそこにはあった。

〈しののめの下界に降りてゆくりなく石の笑いを耳にはさみぬ〉は、『迦葉』のなかでも指折りのすばらしい歌だが、この透明な笑いを、晩年のそれなりの如意の結果と解することは、歌をどぶ泥につっこむにも等しい。以上、あえて補っておく。

（補記2）　大下一真著『山崎方代のうた』によれば、没後、故郷中道町に中道町民芸館が建てられ、その玄関脇に〈桑の実が熟れてゐる／石が笑つてゐる／七覚川がつぶやいてゐる〉という方代の碑があるという。〈不二が笑っている石が笑っている笛吹川がつぶやいている〉の類型。故郷の景にかかわる「石の笑い」という発想を方代は気に入っていた。右の歌は、全歌集には収録がない。

キリスト様

はじけたる無花果の実を食べておる顔いっぱいがキリスト様だ

初出は、「うた」昭和五十六年一月。「短歌現代」昭和五十五年十一月号にはつぎのような歌があった。

はじけたる無花果の実を食べおると顔いっぱいが鼻のようだよ

断然「キリスト様だ」の歌のほうが優れている。

「顔いっぱいがキリスト様だ」とうたいきってわたしの目に浮かぶのは、かつて学生時代に映画『デカメロン』で見た西欧中世農民の日に焼けた皺だらけの顔である。乱杭の歯っ欠けの口をにっと開いて笑う大写しの顔は、無類の無邪気さを現していた。「キリスト様」というのに、どうしてあの西欧中世農民の顔が思い浮かぶのか。

この歌は、〈われ〉すなわち方代が無花果を食べているとも、誰かが食べているとも受け取れる。〈われ〉＝方代の「顔いっぱいがキリスト様」のようだと受け取ってもいいが、それでも読み終わったとき見えてくるのは、ひとりの日に焼けた皺だらけの無邪気な農夫の顔いっぱいの笑いなのだ。

「短歌現代」に発表した〈はじけたる無花果の実を食べおると顔いっぱいが鼻のようだよ〉では「食べおると」だから、〈われ〉＝方代が食べていることになるが、掲出歌では三句で「食べておる」と切る。これで「……していると……だ」という説明的叙法をまぬがれ、いっきょに歌の主体が普遍化する。「食べおると顔いっぱいが鼻のようだよ」の〈われ〉＝方代は近代短歌の〈われ〉の水準を超えないと言っていいが、「食べておる顔いっぱいがキリスト様だ」の〈われ〉はまったく違う。普遍的な主体があらわれ出ているのである。

無花果は小アジア原産、パレスチナには早くから移植された重要な果樹であり、旧約聖書新約聖書ともにしばしば現れること、よく知られる。

イエスが空腹を覚えたとき遠くから無花果の繁った葉を見て近づいたが、実りの季節ではなく、実がついてなかった。それでこの木に向かって「今から後いつまでもおまえの実を食べる者がないように」と言ったと、マルコ伝には記す。方代は、こんな寓話も知っていたのだろうか。方代の歌は、空腹を覚えた者とちょうどそのとき実りの季節を迎えた無花果と、出会いの時の合致した幸福を思うぞんぶんに讃えている。

末成り南瓜

胡座の上に乗っておるのは末成りの南瓜のような老人である

初出は「うた」昭和五十六年四月号だが、二カ月前の「かまくら春秋」に次のような似た歌があった。

どっしりと胡座の上に身をのせて六十五才の春を迎えり

この改作の方向も、さきの「キリスト様」の歌とよく似ている。どっしりと胡座の脚のうえに身をのせているわたしは六十五歳の春を迎えたよ——と、こちらは〈われ〉＝方代が叙べている歌だ。ところが、掲出歌では、〈われ〉＝方代であるというより、文人画とも挿絵とも漫画ともつかないような老人の姿がはっきりと見えてくる。

「胡座の上に乗っておるのは末成りの南瓜のような」、すこしひねた末成り南瓜のようなものが、胡座の膝のうえに乗っている。「乗っておるのは」という言い方は、外側から見るかたちをしめす。胡座の膝のうえに乗っているのは末成り南瓜のような……さて、ここで普通に語を続けるなら、末成りの南瓜のような顔、末成りの南瓜のような頭、こうなるところ。「老人である」とは、けっして続かない。大きな飛躍がある。「胡座の上に乗っているのは」―「老人である」では、老人を胡座の上に乗せているようになっておかしいからだ。じつは、この結句「老人である」は、一首全体を大きくつつみこむ語なのである。

この歌から見えてくるのは、老い屈まった老人の、ひねた末成り南瓜のような顔が、胡座のうえにのっかっている姿である。そして、「胡座の上に乗っておるのは」―「末成りの南瓜のような」―「老人である」という語の飛躍とひずみは、歌に舌足らずなおかしみをも、かもし出す。

原作「六十五才の春を迎えり」にはまだ近代短歌的な〈われ〉＝方代の域を脱しないところがあったが、胡座の上に末成り南瓜のような老人の顔を戯画的に描いて、四句で一呼吸おき、結句「老人である」と一首を大きく包含した掲出歌では、それとはまったく異なる世界、いわば水墨画のような稚純な老人の姿が、そこに現出する。普遍的な主体があらわれ出た。

山崎方代という、特殊なうえにも特殊な生き方をしてきた歌人の歌が、特殊な人生をたどった者の一独白、一物語に終らず、大きな普遍性を獲得している。ここに至る創作者としての苦闘が、いまさらながら思い遣られる。

一粒の卵

一粒の卵のような一日をわがふところに温めている

「かまくら春秋」昭和五十六年六月号では、この歌は次のようであった。

短い一日である一粒の卵のような一日でもあったよ

卵は、昔のひとには貴重品。病人の栄養補給品でもあって、方代にもそんな歌があった。「一粒の卵のような一日」は、そんな貴重な一日だという、比喩としてもわかりやすい比喩だ。ところが、のっけに「一粒の卵のような一日」と歌い始めるとき、「卵」から鳥の抱卵を連想して、続く語は「わがふところに温めている」となる。「温めている」で、にっこりほっこりしている歌の姿が現れ出る。こんな一日だったよと〈われ〉＝方代が述べていた歌が、掲出歌では主体は、抱卵の鳥のようでもあり、人（＝〈われ〉）のようでもあり、といった歌に変じてしまうのだ。

原作改作並べてみると、いかにもやすやすと改作が現れ出たかのように見えるけれども、くるっと扉をひらくような一大飛躍が必要だったのではあるまいか。

石から石へ

両の手を空へかかげて川べりの石から石へはばたいていた

「石の笑い」の歌群をただちに連想させる歌だ。ここは、〈不二が笑っている石が笑っている笛吹川がつぶやいている〉ような、石ころだらけの川べりであるに違いない。

頭でっかちな老人が両手をぱたぱたさせながら、石から石へかろやかに、笑いながら、足を浮かして飛んでいる姿が目に見えるようだ。クレパス画のような描線の、絵本の絵のようでも、漫画のようでもある。こっけいみがある。

「両の手」とはすなわち鳥の翼の比喩にもなる。一首は翼と言わなかっただけのこと、翼をかかげて川べりの石から石へはばたいていたという、鳥の擬人化の歌とも言えよう。ところが、歌に見えてくる姿は、どうしても鳥ではない。頭がちな老人が両手をぱたぱたさせて飛んでいる姿しか、見えてこない。それを不思議に思うのだ。

「はばたいていた」――物語るかたちである。わたしは昔そうしていたよ、というのか、そういう場面を見たよ、というのか。

柿の木の梢に止りほいほいと口から種を吹き出しておる

「キリスト様」の歌と同じ連作中にある一首だが、これも、鳥とも人とも定まらない歌であった。

子どもの頃、柿の木や枇杷の木、ぐみの木などにのぼって、熟れた実を取って食べては、樹上から種を吐き捨てたものだ。そういう記憶が蘇って、樹上にいるのは人だとまず思う。ところが、ここでは「梢」である。「梢に止」ることのできるのは鳥だろう。さて、鳥かと思えば、嘴ではなく「口から種を吹き出」す。

「石から石へ」の歌も同じで、鳥を擬人化したのでもなく、人を鳥に喩えたのでもない。比喩の技法におさまりきらないところが、じつにおもしろい。鳥でもあり、人でもある。どちらでもあるような姿が、「石から石へ」の歌では、はっきりとまならうらに描ける。

柿の木の梢《うれ》から落ちてたっぷりと浮世の夢を味わいにけり

こんな歌も、「石から石へ」の直前にはあった。「石の笑い」の初案〈しののめの下界に立ちて突然の石のわらいを耳にはさみぬ〉に類する発想をもつ。翼を持つ者、飛ぶことのできる者が、誤ってどじを踏んで地上におっこちる。石はそれを見てくすくす笑うのだし、柿の木から落ちたものは、罰として辛酸渋苦たっぷりまじった浮世の夢を味わうことになる。

天秤棒

食いこめる天秤棒を右肩へぐるりとうつす力がほしい

子どもの頃、行商のおじさんは天秤棒を担いで家々を巡っていた。前と後ろに振り分けの荷物の重みで天秤棒がしなうのを、ぐあいよく拍子をとって歩く。ニコヨンで土を運ぶもっこ担ぎもそんなふうだったし、汲み取り式便所の肥をはこぶのも天秤棒だった。歌は、方代のからだが覚えている労働のリズムから発想される。

「ぐるりとうつす力がほしい」――ぐるりとうつすときには一気張りの「力」がいるのだろう。ゆさゆさと揺れる荷物としなう天秤棒と、腰からリズムをとってひょいひょいと歩きながら、ときにぐるりと肩を移すあの姿は、外から見ればかろやかなものである。むしろ、たのしそうにさえ見える。

しかし、担ぐ者の肩に荷は重い。しだいに食い込んでくる。ぐるりとうつす一気張りの「力」がなければ、荷をおろして立ち尽くしてしまうことになるだろう。もうだめか、もうだめだ、と耐えながら、一気張りの「力」を出そうとする。

どんな重荷だって、かろやかに運んでいきたいのだ。

急須

そなたとは急須のようにしたしくてうき世はなべて嘘ばかりなり

昭和五十六年「うた」十月号に初出。「そなた」とは朝な夕なお茶をいれる急須のように親しいつき合いだが、という。もちろん、相手は女であるにちがいない。

それなのに、歌を読んで浮かんでくるのは、乱雑に散らかった卓袱台のうえに急須が一つ。その急須と向かい合う、ひとり暮らしの老いそめた男の姿。「そなた」は、所在ないさびしさから生まれる幻影であるということを、読む者は瞬時に了解する。

寂しくてひとり笑えば卓袱台《ちゃぶだい》の上の茶碗が笑い出したり
卓袱台の上の土瓶に心中をうちあけてより楽になりたり
さびしいから灯をともし傍らの土瓶の顔をなでてやりたり
卓袱台の上の土瓶がこころもち笑いかけたるような気がする

『迦葉』の前の歌集、一九八〇（昭和五十五）年刊『こおろぎ』から土瓶や茶碗の歌を拾ってみた。すべて明らかな擬人法を採る。土瓶や茶碗を、人に見立てている。方代の歌は、そもそも擬人法に特色がある。童話のようななつかしさも、わかりやすさも、歌に擬人法を多用するところがおおいにあずかっている。

同じように擬人法で掲出歌を発想するなら、「急須とはおんな（女房）のように親しくて」とか、「そなた急須よ」とか、これなら『こおろぎ』時代と同水準の歌だ。

ところが、「そなたとは急須のようにしたしくて」——単純な擬人法ではない。「急須」という現実的な語があまりに唐突で、「そなた」と「急須」の転倒だとは誰もが気づく。気づきながらも、指し示す語の力によって「そなた」の幻影がたつ。

「そなた」は「急須」でもあり、「急須」は「そなた」でもある。方代は、幻影とも実在ともつかぬ交錯するあわいを、こういう叙法によって発見した。このあわいだけが確かなもの（＝ほんと）で、実在している（とみんなが思っている）「うき世はなべて嘘ばかりなり」。

擬人法は、モノがいかにも人に化して見えてこないといけない。『こおろぎ』の「茶碗」も「土瓶」も、まるでほんとうに笑っているかのようで、そういう幻影をちゃんと見せてくれるからこそ、歌がたのしい。

しかしながら、根本をただせば、『こおろぎ』の擬人法では「急須」は依然として実体であり、「うき世」は実在する。幻影は、作者がつくり出した幻影に過ぎず、作者だけの主観がもたらしたものである。

ところが、『迦葉』のこの歌にあっては、「そなた」こそが実在するのであり、「急須」は比喩として引合いに出されているにすぎない。にもかかわらず、作者も読者も、「急須」こそが眼前にあって「そなた」は幻影であることを知っている。この矛盾した叙法によって、実在と幻影とが交錯するあわいが歌に実現した。

実在は実在、幻影は個人の主観から生まれるものという、いわゆる客観ー主観の二元論を超えて、そのあわいを〈開く〉――方代の擬人法はこんなところにまで出てきたのだった。驚くべきことである。

生の音

おだやかな生の音なり柚の実が枝をはなれて土を打ちたり

昭和五十六年「短歌新聞」十月号に初出。熟し切った柚の実が、あるとき枝から土に落ちる。やわらかな土に落ちる、そのときの音を「おだやかな生の音」だと聞いた。

眼前に見てうたったわけではない。近所に熟れた柚の木を見たり、どこかの畑の土に柚が落ちているのを見たり、もしくは何かで「柚」の文字を見たというだけでもよい。それをきっかけに、柚の実が落ちるときの音を耳の内に聴いた。

「枝をはなれて」土を打つという、枝から土までの距離によって、いかにもやわらかい土に受けとめられた柚の重さが感じられる。一般には果実の落下の比喩は「生の終り＝死」だろう。ふかぶかとした落下の音はおだやかな死を迎えた証。おだやかな死は、おだやかだった生の証であるから、論理としては「死の音」と「生の音」は等価である。

しかし、それが歌になったときの懸隔は、はなはだ大きい。「おだやかな最後（死）の音なり」では、落下の瞬間に集中する「音」の歌となる。一方、「おだやかな生の音なり」とすると、柚の過ごしたおだやかな生の時間の集約として「音」はあらわれる。しかも、「生の音」という語が下句にまで響いて、落下した柚はなお生き続けているかのように感じられる。

ここにも、「生」と「死」、実在と非在との交錯するあわいが取り出されている。

豆腐と戦争

奴豆腐は酒のさかなで近づいて来る戦争の音を聞いている

昭和五十六年「短歌新聞」十月号に初出。奴豆腐を酒のさかなにつまみながら、近づいてくる戦争の気配を感じている――。言っていることは少しも難しくはないが、何となく、不安定な気分をさそわれる。

「近づいてくる戦争の音を聞いていた」。こう言い切ってくれれば、かつてそういう時期を体験したのだなと、納得できる。茂吉でも白秋でも昭和十年前後の歌を読むと、窓の外を兵隊の軍靴の音が過ぎていったとか、街角を一群の兵士が曲っていったとか、そういう歌がいくらもある。報道無くとも、町中の庶民の日々には、情勢の緊迫はかすかな変化で感じ取られていた。大正三年生まれの方代にも、そういった記憶があったかもしれない。

しかし、歌は「聞いていた」ではない。では、歌の制作時である昭和五十六年のことか。一九八一年、一億総中流時代と言われたあの日本経済成熟期にも、戦争体験をもつ方代は「近づいてくる戦争の音を聞いて」未来を思わないではいられなかったのか。

近藤芳美という歌人は、そういう未来の到来をつねに警告していたことを思い出す。しかし、この方代の歌はどうだろう。必ずしもすでに「戦前」という感慨を述べているとも断言しきれない。

過去の時間を只今のことのように切実に感じているのかもしれないが、それにしても「奴豆腐は酒のさかなで」では類型表現を出ず、作者の過去のある日の体験をさすとも言い難い。

つまり、要するにこれは、過去とか現在とか、時間軸の上に乗せられない歌の作りようをしているのであった。直線的に延長する時間軸の上にこの歌は位置しない。読後、不安定な気分をさそわれるのは、それをむりやり時間軸の上に乗せて解釈しようとするからだ。現代の読者は、どのような歌も、過去から未来へと直線的に流れる時間軸の上に位置づけなければ読みとれなくなってしまった。

奴豆腐をさかなに酒をくむような庶民のごく平和な夕べに、かすかな不協和音のように戦争が亀裂を入れ始める――それを感じている庶民の耳。

方代は、自分の過去の体験や、自分の現在の考えを述べたいのではなく、そういう庶民の耳というものを取り出したかっただけなのだ。

＊

『迦葉』の歌を仔細に見ていくと、身に刻み込まれた戦争体験を歌の動因とするものがしばしばある。

死ぬ程のかなしいこともほがらかに二日一夜で忘れてしまう

掲出歌と同年四月号「うた」に発表した「六十になれば」十二首のなかに、こういう歌があった。いつの時代にも通ずる庶民の智恵である。現在の大学生でもこの歌を読んで「わかる」と共感する。「二日一夜」を泣いて三日目には「ほがらかに……忘れてしまう」ことにし、立ち上がるところに励まされるのだろう。

だが、一定以上の年齢のものは「二日一夜」という語句で、この歌がまぎれもなく戦争体験から発していることを読み取る。

あの「どこまでつづくぬかるみぞ／三日二夜を食もなく／雨ふりしぶく鉄兜」という軍歌。昭和七年、関東軍参謀部八木沼丈夫が作詞した軍歌「討匪行」は、帝国陸軍関東軍参謀部が選定・発表した純軍歌というが、どこまでも続くぬかるみのなかを飢えながら行軍するありさまは、のちの昭和十二年支那事変勃発後、数知れない多くの召集兵士が骨身にこたえて味わうことになった。広くうたわれた軍歌で、戦後生まれのわたしでさえ語句の片々を記憶する。

日本軍歌の特徴は、厭戦歌反戦歌とまがうほど沈痛・悲哀の情に満ちているとは、よく指摘されるところでもある。方代が「三日二夜」より一日少ない「二日一夜」を選ぶのは、この悲哀と堪忍の情とをいっきょに愛国の情へと転化、陶酔的一体感をかもし出そうという、いかにも日本的な軍国主義に対する抗いと反発があるからだろう。「ほがらかに……忘れてしまう」という、ケロッとした突き放すような明るさもまた、そこに理由があろう。

柏槙の雫に濡れてうたいます滅ぼされたるああポロネーズ

一連中には、このような歌もあった。「ポロネーズ」とは、ポーランド風の宮廷円舞曲のリズムをいうらしいが、「滅ぼされたるああポロネーズ」から連想されるのはショパンの「軍隊ポロネーズ」や「英雄ポロネーズ」である。雨滴する柏槙の木下で、兵隊帽をかぶった兵士が、オペラ歌手ふうに胸のまえで手を組みながらうたっている「絵」が、目に浮かんでくる。

同時に、わたしは、鎌倉建長寺の寺庭で見た樹齢七百三十年と言われる柏槙の木を連想してしまうのだ。幹周り六・五メートル、樹高十三メートルといわれるが、曲がりくねった襞なす幹が印象的だった。樹齢七百三十年の柏槙の木下でうたっているのは、方代に似た、かつて兵士であった男だろうか――。

子どものころ『ビルマの竪琴』を何度も読んだものだが、あの兵士たちのつかのまの憩いの風景が想像される。方代の兵隊時代にも、雨の日には大木のしたでこんな光景があったかもしれない。丸山真男は、「軍隊の内部でよかったことは（略）休暇の時に一緒に戦友とどうこうしたとか、演習の休憩の時に歌をうたったとか、実に小さな些細なことがあの砂漠のような生活の中で、オアシスのようによいものに感じるんです」（吉本隆明「丸山真男論」より）と述懐して言う。

この歌には、歌いあげているときの無心がひとすじに流れていて、惹きつけられる。方代のいう「どうにも我慢のできなかった」軍隊生活のなかにも、そういうオアシスのような無心のひとときの記憶はあったはずだ。「それが堆積して大きな力になって独自に印象づけられて」（丸山真男）いるところから、「滅ぼされたるああ……」という嘆声は発する。ここに俗っぽい懐旧の情はみじんもない。

＊

「奴豆腐は酒のさかなで」の掲出歌には、いくつものヴァリエーションが生まれている。昭和五十六年「短歌新聞」十月号掲出歌発表の翌月、「かまくら春秋」には上句五七を「手作りの豆腐を前に」とし、さらに翌年「うた」一月号、同「かまくら春秋」一月号、順に並べるとつぎのようである。

奴豆腐は酒のさかなで近づいて来る戦争の音を聞いている
手作りの豆腐を前に近づいて来る戦争の音をきいている
手作りの豆腐を前にもやもやと日がな一日を消してゐにけり
手作りの豆腐を前に何にもかもみんな忘れてかしこまりおる

「うた」一月号の一連十二首の題も「手作りの豆腐」だった。「手作り」であるところに方代のこころが留まったと見える。豆腐と戦争から、「手作りの」を得て主題が移っていった。

それにしても、戦争――もっと言うなら戦争と庶民――は、方代の歌の底深く厚くながれている大きな主題であった。

学　校

学校を出ていないゆえ一休さんを一ぷくさんと今も呼んでいる

「一休」つまり一休みだから、ここで一服の「一ぷく」さんというわけかしら。本当の一休さんはとても偉い人だというが、「学校を出ていないゆえ」難しいことはわからないので今も「一ぷくさん」などとダジャレで親しげに呼んでいる――。

「今も呼んでいる」のは、人かわれか、特定できない。方代の歌は、時間軸の上に位置づけて解釈できないのと同様、歌の主体が「われ」か「人」かということも決定しにくい。そもそも、主体を特定するような作り方をしていないのだ。読む方が、勝手にこれは方代（＝作者）のことだと決めて解釈しているだけの話である。

周知のとおり、一休禅師は室町時代の臨済宗大徳寺派の禅僧、後小松天皇の落胤とも言われ、自由奔放、風狂の精神に生きたとされる。とんちの一休さんは、民衆の共感によって江戸時代につくられたフィクションなのだそうだ。

歌は、控えめになされた民衆の主張である。難しいことはいっさい丸めて呑み込む民衆の共感にこそ真を突くものがある、それでいいではないかと、「学校を出ていないので」と言い訳をしてへりくだりながら、歌は主張する。

知的エリート層に対する「民衆」、歴史を動かす有名人に対する無名の人々、そういう層に照明をあてる学問や評論や運動はこれまでにもあったが、わたしはいつもその前で立ち止まり、警戒しないではいられないような思いをしてきた。しばしば、偽善と感傷と陶酔とがにおってくるからだ。「民衆」を対象化して知の照明をあてるということ自体が、高みの位置を証している。

加えて、「善意」の知的エリート層の感傷から立ち現れた〈民衆〉の幻影を、民衆の側から内面化して反復する、という心理もまたあるのであって、それも嫌だ。

方代のいう「民衆」は、それらに類似したものなのか。それとも違うのか。違うとすれば、どう違うのか。疑問は、ながく胸にわだかまっていた。

わたしは、いまここにある「学校を出ていないゆえ一休さんを一ぷくさんと今も呼んでいる」という歌をつぶさに嗅ぎ分けてみようとする。そうしてついに、一片の偽善も感傷も、ルサンチマン（怨恨感情）もコンプレックスも感じられないことに、目をみはる。読後にまったく嫌な味が残らないのである。

方代は、昭和初頭の片田舎の尋常高等小学校卒でしかない。立身出世の学歴社会にあって、貧困や家庭環境によって高等教育を受けることができず、やっと作歌に慰めを見出したり、奮起して働きながら学費を稼いだり、そういった歌人は当時いくらもいた。ことに大正末期から昭和初期にかけては労働運動が勃興し、渡辺順三や坪野哲久など、マルキシズムに覚醒していく者も多かった。

そういう時代の、ほとんど流行とも言うべき社会主義の方向に、なぜ方代は関心を惹かれなかったのか。また、なぜ、方代の歌には学歴コンプレックスらしいものが感じられないのか。社会主義の根底にはルサンチマンが潜むとニーチェは喝破したが、社会に対する恨みつらみや、反語や当てこすりや居直りのような嫌味が、方代の歌にはまつわっていない。それでいて、ものの真を突く直観をもった民衆としての場所に立っている。

方代は、いかにして民衆の言葉を語り得たのか。

『甲陽軍鑑』によってであろう。今、そう言えるように思う。

全歌集年譜を見ると、昭和三年、十四歳の年に「父龍吉から甲陽軍鑑を勧められ読む（方代談）」とある。以後、『甲陽軍鑑』は方代の土台をつくりあげた書であった。

なつかしい甲陽軍鑑全巻を揃えてほっと安気なんだよ

『迦葉』の最後の方にはこのような歌もあった。『甲陽軍鑑』が方代にとって重要な書物であったことは、疑い得ない。それが、歌そのものとどのように関わってくるのか。

玉城徹は『迦葉』解説で、方代の方法論二方向の一つとして「叙事詩的性格」をあげている。「方代は幼時より『甲陽軍鑑』を耽読し、今日も作歌上の座右書としていることを告白している。これが、いわば「方代のホメロス」で、日常の経験、事物を元型化して感ずる基盤になっている」と短く触れているが、以後、『甲陽軍鑑』に関連して論じたものは、ほかにはほとんど見ない。

わたしにしたところが、長く心に掛かりながら探索を怠ってきたが、このたびは思い立って、少々ひもといた。そうして、驚いた。方代の「民衆」の基盤はここにある。

『甲陽軍鑑』は、武田信玄・勝頼二代にわたる全二十巻におよぶ歴史物語で、「武士道」という言葉がはじめて見出される文献であるという。原形をつくった筆録は、信玄の老臣高坂昌信（一五二七〜一五七八）によってなされた。講談や歌舞伎狂言にも翻案され、江戸時代から庶民にもひろく読まれ、現代も組織の上に立つ者の心得の書として読まれているらしい。

『甲陽軍鑑』の口書（はしがき）は、つぎのように始まる。引用は、佐藤正英校訂／訳『甲陽軍鑑』ちくま学芸文庫から。

一、この書物、仮名《かな》づかひよろづ無穿鑿《ぶせんさく》にて、物知りの御覧候《さふら》はゞひとつとしてよきことなくて、わらひごとになり申すべく候。子細《しさい》は、我等元来《ぐわんらい》百姓なれども、不慮《ふりよ》に十六歳の春召し出され（略）少しも学問仕つるべき隙なき故、文盲第一に候ひてかくのごとし。

この本は仮名遣いも不調法で、物知りが見たらひとつもよいところはなく、笑い事になるようなものだろう、というのも私は元来百姓で、偶然十六歳の春召し出されてからも少しも学問するような時間がなかったから、文盲同然なのだ、という。

高坂弾正はつつましくしかも一徹な人だったようで、もちろん謙遜の弁でもあろうが、それにしてもこの「文盲」宣言には虚をつかれる。

さらに三番目の項目には次のようにも述べる。

一、この本仮名《かな》にていかゞなど、ありて、字に直《なほ》したまふこと必ず御無用になさるべし。結句《けつく》唯《ただ》今《いま》字のところをも仮名に書きて尤《もつと》もに候。（略）さてまた仮名の本を用ふる徳は、世間に学問よくして物よむひとは、百人の内に一、二人ならではなし。さるに付《つ》き、物知らぬひとも仮名をばよむものにて候間《さふらふあひだ》、雨中のつれ〴〵にも無学の老若《らうにやく》取りてよみ給ふやうにとの儀なり。

この本が仮名書きでは権威がないなどと言って字、すなわち漢文に直すようなことは絶対にしないでくれ、むしろ漢文の部分を仮名に書き直すのはよい、という。仮名書きの本がいいのは、世間に学問のある者は百人中一、二人もいないからで、物を知らない人でも仮名は読むことはできるから、雨の日のつれづれにでも、無学の老いも若きもお読みくださるように、というのである。

『甲陽軍鑑』の写本を、インターネットで見ることができるが、なるほど漢字仮名まじりの読み下し文であり、漢字の部分には多く振り仮名がふってある。信玄の書いたという五十七箇条御法度の部分のみは返り点のついた漢文、ここが「字」の部分である。当時のきちんとした権威ある書物は、このような漢文によって書かれた。

十四歳の方代が、父親から勧められて手にとった『甲陽軍鑑』とは、どんなものだったのだろう。国会図書館のネット検索をすると、甲府・温故堂が明治二十五年に出版した『甲陽軍鑑』というものがある。画像で見ることができるが、写本をほとんどそのまま大きめの活字で組んだ、分厚い二冊本である。おおよそ右の引用文から句読点をはずしたような文面で、現代から見ればけっして読みやすくはない文語文である。これを父龍吉が読んだとすれば、父子の読み書き能力はあなどれない。

高坂弾正の生きた時代から四百年後、右左口尋常高等小学校生徒である少年方代は、「雨中のつれ〴〵にも無学の老若《らうにやく》取りてよみ給ふやうに」という配慮そのまま、雨が降って外仕事のできない日のつれづれに温故堂『甲陽軍鑑』を棚から取り出してきて、土間で手仕事をする父龍吉に読み聞かせたのではあるまいか。戦国武将の物語に胸躍らせながら講談よろしく読み続けるその合間合間で、父龍吉は昔話や思い出話を差し挟んだかもしれない。

　こういう父子の語らいのなかで、『甲陽軍鑑』のモラルがしみこむように伝えられていく。『甲陽軍鑑』は、今のわたしたちが想像するようなストーリーでひっぱってゆく武田信玄の物語ではない。具体的な事例を掲げて物語りながら、いつのまにか武士としてのモラルが身についていくような、そんな書物なのである。

　折口信夫は、万葉集の「否といへど強《し》ふる志斐のが強語《しひがたり》このころ聞かずて朕《あれ》恋ひにけり」（二三六　天皇の志斐《しひ》の嫗《おみな》に賜へる御歌一首）などを解説しながら語部ということを言ったが、歴代の出来事を叙事しながら、そのことがそのままモラルを伝えることになるという、『甲陽軍鑑』はそういう古来の語り口をもった書物なのであった。

　先の口書冒頭からして、当時の成り上がり階層であった十六世紀戦国武士のモラルを堂々と引け目なく押し出して、ほとんど強烈といってもいいほどの自信・矜持が感じられる。「我等元来《ぐわんらい》百姓」であった者が偶然召し出されて奉公専一、学問などするひまもなく文盲同然であると憚らず書くところ、さらには誰もが読めるようにあえて仮名書きで筆録すると書くところ、何か革命的なことのように思える。これは、従来卑しめられてきた非公式文体の、その正式な認知をせまっての、新しい時代の主体がつきつけた通告状にもひとしい。

一、侍衆《さむらひしゆう》大小ともに学問よくして物知り給はんこと肝要《かんえう》なり。但《ただ》し、なに本にても一冊、多くして二冊・三冊よみて、その理《り》によく〳〵徹してあらば、必ず多くは学問無用になさるべし。ことに詩・聯句《れんぐ》などまであそばすは、なほもつてひがごとなり。（以下略）

一、学問の儀、右国持つ大将さへあまりはいかがと存ずるに、まして小身なるひとは、奉公を肝《かん》要《えう》にまもるひとの、学をよくとおぼさんには、無奉公に成りて家《か》職《しよく》を失なひ、不忠節の侍になる。（略）何《いづれ》の道も家職を失はんこと勿体《もつたい》なし。（以下略）

「出家は仏道修行の儀」「儒者は儒道の儀」「町人はあきなひのこと」「百姓は耕作のこと」が家職である、どんな「諸細工人・諸芸能」でもその道々の業に心掛けるのが第一、武士に学問は無用、という。無学無骨を嗤う公家階級に抗して、下積みから興隆してきたばかりの新しい武士階層のモラルを胸を張って押し通そうとする、そういう新鮮な矜持が行間にみなぎりわたっている。戦国時代がどのような時代であったか、肌で感じられるような気がする。

父龍吉は、方代が小学校をあがると百姓仕事をたたき込み、「息子が本を読んだりするのをきらい、見付けると破ったり燃やしたりしてしまった」（方代随筆補遺『山崎方代追悼・研究』）というが、じつはそれこそが『甲陽軍鑑』のモラルの体現であった。本は一、二冊でもしっかり読んでおけば、あとは学問無用でけっこう。それぞれの業をきちんと尽くせば大いばりで生きていいという、大いなる自己肯定に生きる人々こそは、方代の「民衆」であった。

だからこそ、百姓の子として生まれた方代が、父親の仕込みにも関わらず百姓としての分を尽くさず、「詩・聯句」などのようなものに嵌ってしまったこと、これは方代が年齢を重ねれば重ねるほどに、生涯の負い目になる。

なるようになってしもうたようである穴がせまくて引き返せない

かの高坂弾正の戒めにも関わらず、穴ぼこに落ちてしまって、引き返すこともままならない。しかしながら、方代はその代償のように、「民衆」のすぐとなりにあって「民衆」の声を伝えていこうとした。

方代の新仮名遣い口語混じりの歌体も、そのもっとも根底には、「仮名の本を用ふる徳」をもって非公式文体の正式認知をせまった『甲陽軍鑑』の記憶があったのではなかろうか。明治近代国家の上からの要請による「言文一致運動」、いいかえれば新時代には新時代の口語文体で、というような「口語文イデオロギー」と、方代の口語混じり文体とは、動機の根底から異なっていた。

方代の歌が、他のどんな口語短歌とも異なって感じられる理由は、そこにある。

春の日

春の日が部屋に溜って赤いから盃の中に入れてみにけり

「〜だから……」という因果関係をしめす接続や、また日常「……する」と同じような意味で使用する「……してみる」は、口語で歌をつくる初心者にはよく見られる語法だ。

インターネットにはツイッターなる社交場があって、関心ある話題や、自分がいま何をしているかなど、てんでに勝手に一四〇字以内で発言するのだが、ある若めのジャーナリストがしょっちゅう「……してみる」と使っている。一種の流行語感覚で、真っ正面から言わずに、やや斜めから、体を半分引いたような感じを出す使い方だ。本気ずぶずぶでなくて、クールな感じを気取ると言ったらいいか。

「……してみる」は、本来、本気でなくちょっと試してみる、という意味だから、このジャーナリストの使い方のようにもなる。つまり、無防備に歌につかうと嫌味になる。

ところが、この方代の歌は、少しも嫌味でない。ちょっとそんなことなんかもした、という本来のニュアンスが、まさに生きて使われている。盃の中に春の日差しを入れてみるなんて、本気でないに決まっている。ふと思いついた無邪気な戯れごころである。ようやく暖かくなった春の日差しはうれしいものだ。「赤い」のは、朝日かな。明るいひかりは、あらゆるものを美しく見せるし、人を希望へいざなう。うれしくなって、手にもっている盃を日のひかりへ傾ける。盃のなかに日差しを捕える遊びをする。そんなことを「してみる」楽しさは、ほかにすることもない、気楽といえば気楽な生活から生まれ出るのだろう。「してみる」という語だから、そのことがわかる。

一見初心者らしい拙さに見える語法も、じつは歌人方代というフィルターで濾過させていることが、この例をもってしても理解できる。歌人方代の内部で鍛えられ、洗練せられた言語感覚が選び出してきている語法なのだ。

「〜から……」という接続ですぐに思い出すのは、つぎの歌。

「この味がいいね」と君が言ったから七月六日はサラダ記念日　俵　万智

語のリズムの撥ねたようなところが、気持になって伝わってくる歌である。これは、ずいぶんパロディーが作られた。「〜から……」という語法は、パロディーを作りやすいのだろう。

しかし、方代の掲出歌を読んだ人がパロディーを作るかというと、そんなことはない。好ましい歌だなと思いはしても、パロディーをつくる気にはなれまい。どこが違うのだろうか。

もちろん歌の素材も内容もまったく違うが、それらをすべて差引いて、歌体としてのみ観察するとき、俵万智の歌は、方代の歌にくらべて平板、語が薄く感じられる。

それは、「から」で繋がれた上句「「この味がいいね」と君が言った」と、下句「七月六日はサラダ記念日」とのあいだに、飛躍がないからである。君が褒めた→うれしい、では平凡でとりどころの無い歌となるところを、君が褒めた→記念日、と大げさにした。そこが歌の見所となったが、それにしても一直線に繋がっている。君が褒めたことが原因となって、記念日の結果がある。

ところが、方代の歌では、上句「春の日が部屋に溜って赤い」と下句「盃の中に入れてみにけり」との間には、何の因果関係もつかない。上句を読んで、下句は想像だにつかない。「〜から……」で接続しているからこそ、「春の日が部屋に溜って赤い」ことが「盃の中に入れてみ」ようと思った原因だったのだな、と、読者は推察するのである。

「君が褒めた」と「記念日」の間は、日本語文法の当然として「～から……」で結ばれる。文例として、「から」で結びつく無数の「～」と「……」があるだろう。そういう類型化した文体のゆえに、「サラダ記念日」の歌はパロディーが続出した。

しかし、「春の日が赤い」と「盃の中に入れる」との間は、そういうわけにはいかない。これを「～から……」で結びつけるのはとうてい思いもつかないような大跳躍、この作者ならではの〈働き〉が必要である。

歌を読むとは、歌に織り込まれた〈作者の働き〉を読み出すことである。「サラダ記念日」の歌の「～から……」にふくみこまれた〈作者の働き〉はあまり大きくない。だから、歌体が平板になる。似た語法でありながら、方代の歌にふくみこまれた〈作者の働き〉には思いもかけないような躍動感がある。

一首を読み終わると、春の日ざしの入ってくる部屋の中で盃を握っている男の姿が浮かんでくるはずである。読者はそれぞれの胸中に男の像を結び、自分自身の生きてきた体験の記憶をも織り合わせながら、さまざまに思いを遣ることだろう。これは、無数に思い浮かぶ文例「～から……」によるパロディーとは、まったく違う意味をもつ。

電気

方代さんはこの頃電気を引きまして街ではちっとも見かけませんわよ

誰でもうわさ話をするときほど、活き活きとすることはない。そんな奥様連の口ぶり手ぶりをありありと描き出しながら、明るい夜の贅沢のうれしさを、面はゆいような気持とともに、歌はあらわし出す。

横浜市戸塚区田谷の農機具小屋から、鎌倉飯店主人根岸侊雄の自宅敷地内の家に移ったのは、一九七二（昭和四十七）年、方代五十八歳のときのことであった。

リヤカーに引越しの荷物を積んで越して来た。たたみ一畳もあればと思い来てみると、ちゃんとした四畳半で、おまけに電気付きであるのには驚きであった。蠟燭ではなく明るい電燈の下で歌が作れるなどということは思ってもみないことであった。罰が当りはしないかと心配にもなってくる。

（『青じその花』）

掲出歌は、「短歌」昭和五十六年十一月号初出だから、電気がついたのはおよそ十年も前の話になる。

昭和四十年、姉の関くま没後、方代は家を出た。その後「一ヶ所に三ヶ月か半年ぐらい、静岡、名古屋とあちこち渡りあるいた」（山崎方代「天生流露」『山崎方代追悼・研究』）という。静岡でお茶の葉を摘んだりしていたのだろう。そのあと五十四歳から五十八歳の年の夏までは、田谷の農家で作男のようなことをして世過ぎをしていたらしい。

横浜のはずれの山陰の小屋に住んでいたことがある。近くの大きな農家の農具置き場で、下男として働いていた私にあてがわれたものであった。月の半分を働いてくれればよいという約束で、そのかわり畑仕事は目いっぱいの労働できつかったが、母が百姓の出だからそれほどの苦にはならなかった。

（山崎方代「天生流露」・前掲）

この小屋には、電気が引いてなかった。夜は、蠟燭をともした。若いすし職人根岸侊雄に出会ったのは、この小屋に住むより少し前だったのだろうか。

鎌倉駅のベンチでごろ寝をしている人。いつも酒臭く、腰紐スタイルは特有だ。白っぽいワイシャツは着ているが、髪は長くボウボウだ。でもどこか惹かれる。親しみのある風情だ。この人が山崎方代さんだった

私は当時すし職人だった。吉野秀雄先生と一緒に店に来ても、先生はカウンター、方代さんは少し離れた椅子に坐った。

根岸侊雄『山崎方代追悼・研究』

ホームレス同然の生活をしている頃の方代と、根岸は口を聞くようになった。その根岸の勤める店に、ある日、方代が吉野秀雄を招待した、のかも知れない。そんな空想をする。方代とて金のある日はあるのだ。そういう日は、人をよろこばせたい。

田谷の農機具小屋に住むようになる前年十月、「短歌」吉野秀雄追悼号に追悼歌五十首を出して、一躍注目された方代である。月の半分働けばよい、というのは、そういう方代であると知った上で招いたのだろう。この田谷の時代に、清水房雄・山崎一郎・河野愛子・大西民子・岡野弘彦・長澤一作と共に合同歌集『現代』に加わっている。次第に名前を知られていく時代である。

眼を真赤に腫らして田谷から来た方代さんは「家賃代りに畑の仕事を課せられた」と言う。

「原稿を書く暇もない位毎日大家さんが迎えに来てしまう」私は何とか自分の家を持って方代さんを迎えてやろうと、この時（昭和四十一年頃）思った。

（根岸侊雄・前掲）

年譜によると、昭和四十一年には田谷の小屋にはまだ住んでいない。食い違いがあるが、いずれにせよ、六十歳を目前にしての肉体労働である。「原稿を書く暇もない」――毎日精力的に原稿を書く方代の姿は目に浮かべにくいが、労働だけで消耗して過ぎる日々が続くことには不本意を感じることがあったのだろう。

こんな時期の方代だったから、年若い根岸侊雄の気兼ねのない好意は、信じられないような幸運であった。何も仕事をせずともよい、という。短歌三昧で雨露がしのげるだけでなく、電気までついた立派な四畳半である。移って来て十年経ったのちにも、「罰が当りはしないかと心配」になるほどのうれしさが、方代には忘れられない記憶として残っていた。

歌はまるで、初めて村に電気が引かれ、明るい夜の贅沢をあじわった村びとのこころのようだ。狭い村なかでは、贅沢は近辺に知られないようにこっそりと味わわなければならない。いったん知られると村中にお裾分けしなくてはならなくなるからだ。ところが、戸を閉め切ってこっそり贅沢したつもりでも、いつのまにかうわさになって漏れ出ていく。

鎌倉近辺の町の奥さま連中のうわさのひとふしを空想したこの歌を読むとき、方代の持ち伝えている古い村びとの心性といったものが浮かびあがってくるような気がする。わたし自身は体験していないが、この歌がそんな村びとの心性といったものを伝えてくれているような気がするのである。

石一石

たたなわる石一石のありどころ白鷺城は天《そら》はるかなり

たたなわる豪壮な石垣のそのうえに、白鷺城は天にはるかにそびえたっている。礎となる石組の、その石一つもいい加減に置かれてあれば、やがて石垣はゆるび、すべては崩壊してしまう。石一つのありどころ、それが大事。

石組をしたことのある者の発想だ。そう確信するくらい、「一石のありどころ」が手応えをもって感じられる。一石一石積み上げてゆきながら、つい積み損ねてがらがらと崩れたことのある、そういう手仕事の経験から生まれ出ている言葉だ。

目に一丁字の無い者であっても、このような生活の経験から、「一石のありどころ」が大切なのだと自得してゆく。おのずと人の生きてゆくためのモラルというものを、こういうところから自得する。『甲陽軍鑑』ではないが、本は二、三冊しっかり読めばよい、のである。

方代の歌には、日々の生活から滲み出てくるようなモラルに敏感なところがある。口ばかりが達者になり、頭先だけで動く現代への飽き足りなさが、人々のこころを方代の歌に向かわせるのでもあろう。

五寸釘

五寸釘くぎ一本の打ちどころお慕い申してやまないのです

五寸釘は、もちろん呪いの釘。能の「鉄輪」を知らない人でも、蠟燭を立てた輪をかむって髪振り乱し、神社の参道を白足袋でさ走って、大樹の幹に呪いの人形を五寸釘で打ちつける、という夜叉の女の話は、いつのまにか誰の脳裏にも焼きついている。「くぎ一本の打ちどころ」、すなわち心臓だ。

夜叉になって五寸釘を心臓にうち下ろそうと槌を振りあげながらも、わらわらと崩れて「お慕い申してやまないのです」とつぶやく、その台詞まわしというか、エロキューションがいい。名優の台詞を聞いているように、何度読んでも同じ味わいがのぼってくる。「やまないのです」と、懊悩して頭をふる男が見える。

甲州の柿はなさけが深くして女のようにあかくて渋い
「竹とりの姫」を逆さに読んでおる愛は逆さに映えている
愛憎のこころと遠くしっとりと月は上りぬ白い耳なり

前後から、恋愛にかかわる歌を拾った。方代の恋は、甘いだけでなく「渋い」ものであり、「愛は逆さに映えている」ものでもあり、その裏側にある憎であり、呪いであり、復讐である。方代にひそむ呪いと復讐が、フランソワ・ヴィヨンの「形見の歌」によって昇華されたであろうこと、数年前の方代忌における講演「方代の修羅」で述べた。

穴

覗いてみると穴は深くて狭かったおもいがけない穴であったよ

「穴」は、方代好みの語彙の一つ。さまざまな「穴」の歌がある。『迦葉』のなかだけでも、たとえば

私の掌をはなれたる親指が障子の穴から出でてゆきたり
ふるさとを捜しているとトンネルの穴の向うにちゃんとありたり
小仏の朝の空気を鼻の穴いたくなるまで吸いこんで出す
大菩薩の朝の空気を鼻の穴いたくなるまで吸込みにけり
鍵穴をのぞいていると顔のない土瓶の顔が浮いている
石がきの穴の中から正月のいちごが赤く熟れておる
壁の穴にドアをとり付けしっかりと鍵を中からかけて住んでる

「障子の穴」「トンネルの穴」「鼻の穴」「鍵穴」「石がきの穴」「壁の穴」。それから、つぎのような田螺の「穴」、土竜の「穴」、こおろぎの「穴」。

取入れをおえし田圃のはてしれず穴のなかから田螺をひろう
むくむくと朝の野道を横切って土竜が穴をあけておりたり
こおろぎが御膳の中に住みついて穴からひげをのぞかしている

さらには、掲出歌のような、具体的な事物に関わらない、こころの中の「穴」。

むらぎもの心の底を瞳をとじて覗いて見ると深い穴なり
なるようになってしもうたようである穴がせまくて引き返せない

「穴」という語には、どこか可笑しみが添う。大菩薩峠の朝の清らかな空気を鼻がいたくなるまで思いきり吸った、と言えば、そこに現れるのは清純な少女かもしれないし、若々しい青年かもしれない。ところが、「鼻の穴いたくなるまで」と表したとたん、思いきり深呼吸しているのは少なくとも中年過ぎの不細工なおじさん以外の何ものでもなくなる。あの方代の風貌が浮かんでくる。これは、戯画であり、漫画なのだ。

「穴」という語が、「トンネルの穴」や「鍵穴」を覗くという、そういう通路として現れるとき、さらに摩訶不思議な感じが添ってくる。昔話の子どもが天狗メガネを覗くように、時空の異なる世界が見えてくる。それは父母が生きていたころの「ふるさと」であったり、じぶんの心の中の世界であったりする。

あるいはまた「穴」とは、おのれの小さく棲みつく場所でもある。身の幅だけの空間しかない、狭くて、しかし、身の温もりがいかにも心地よく感じられるところ。蓑虫の蓑のふくろのような、けだものの穴ごもりのような、そして冬の朝の布団の温もりのような。大邸宅なんかに住みたいとは思わないという、かそかな意志がここにはこもる。

さらにもう一つ、掲出歌の〈覗いてみると穴は深くて狭かったおもいがけない穴であったよ〉や、〈なるようになってしもうたようである穴がせまくて引き返せない〉のような、うっかり足をとられてしまった、悔やんでも取り戻しがつかない、というニュアンスをもつ抽象的な意味の「穴」もある。この「穴」が、もっとも理解しにくい。


これやこの空の徳利に指先をとられてしもうた思いなりけり

「おもいがけない穴であったよ」や「穴がせまくて引き返せない」は、この「空の徳利に指先をとられてしもうた思い」にも通じるだろう。しまった、こんなはずではなかった、というのだ。そこはかとない可笑しみをもって、天狗メガネでふるさとを覗いたり、心の底を覗いたり、それから穴ごもりの心地よさににっこりしている「方代さん」は、イメージとして理解しやすい。しかし、引き返せるものなら引き返したい、とかすかな慚愧の念をもつ方代は、わかるようでいて、わからない。

「方代さん」だって、ときには世間並の、妻子と家族を営む生活をしたかったという後悔が起きることもあるでしょ——という人があるなら、それは通俗にすぎる見解だろう。

方代の慚愧の念は、かの『甲陽軍鑑』の教えに背いたところから生ずるのである。『甲陽軍鑑』は、まっとうな人間のありようを教える書であった。出家者には仏道修行が、家職。儒者には儒道修行、町人はあきない、百姓は耕作。諸細工人・諸芸能などなど、「その道々《みちみち》に我《わが》なりたる業《わざ》に心がくること尤《もっと》もなり。家職を大形《おおかた》にして止《や》めて余のことをいたし、精にいるゝは大ひがごとなり」。

学問をする者が偉いなどと思って、誰もかれもが学問をすることはよろしくない。ましてや漢詩や連句などに入れ込むのはもってのほか。本など大概でよいのであって、百姓は耕作、町人はあきない、おのが業に精を入れることこそが大事、そうやってこそまっとうな人になれる——このまったく近代的ではない高坂弾正の思想こそが、じつは本当の意味で平等な思想であるということに、方代は気づいている。

父龍吉は、百姓の子として生まれた方代を、立派な百姓にするためにいろいろ叩きこんでくれたものだったのに、ついつい歌などというものに浮かれて足をとられ、人としてまっとうな道を踏み外してしまった。

ようやくにかなしかりけりさはあれど二足の草鞋は穿かざりしかな

それでも、歌だけを一生やってきた。貫いてきた。これをもって許してもらおう、自ら善しとする、というのだ。

近代という時代は、平等を建て前とする。だれも家職に縛りつけられずともすむようになった。個人の能力にしたがって、立身出世することも可能な世の中になった。職業は好みにしたがって選択できる。いちおう「職業に貴賤はあらず」ということになっている。かつて若い方代も家職から逃れて、新しい世界を生きる夢に胸をふくらませたのだ。

〈覗いてみると穴は深くて狭かったおもいがけない穴であったよ〉〈なるようになってしもうたようである穴がせまくて引き返せない〉。立身出世して、ようようたる前途がひらけているかに思ったが、じつはそれは狭い深い穴ぼこであった。引き返そうにも引き返せない。まっとうな人としての道に背いてしまったからだ。

『甲陽軍鑑』という、勃興する武士階級による新しいモラルの言揚げを、方代は身体のなかに種子のように宿していた。これが「方代」の世界を築くのにどれほど大きな意味をもったことか。近代化の波によって消え去りゆく、なつかしい村を思い出させてくれる「方代さん」というわかりやすいイメージ、そんな郷愁のイメージに、方代の歌は固定されない。否応なく外圧によって変貌を強要される近代、その近代の生み出す郷愁の感傷《センチメント》は、おなじく変貌していく時代であった十六世紀の『甲陽軍鑑』にはかけらもない。

方代の歌が手強いのは、近代を超えて中世におよぶ根ざしの深さがあるからだ。

詩を書く人

銭にならない詩を書く人が住んでいて己をもって書いている

「短歌」昭和五十一年二月号発表の、「埋没の仕方において」と題する一首に付した短文エッセイが忘れがたい。

この頃よくラジオで詩を詠む人のお話を耳にはさみたまらない思いをしています。「ただ今御紹介された詩人の何々ですが」などと切り出されると聞いただけで、はずかしくて首まで赤くなって来る。自分自身が詩人であるかの様にうそぶかなくも、りっぱな詩さえ詠んでいると、ひろい世間の人様が、ほったらかしにしておくはずがない。

「詩人」などという言葉は、自分の口から決して言うものではない。あの人は詩人だね。そういうふうに使うものだ。そんな戒めを、歌を始めてから何人かの先達の口から聞いた。詩歌にたずさわるにあたって、そのふるまいの仕方というものを、このように戒めてくれる先達が、わたしたちの歌を始めた時代にはあった。

方代の、この短い文にこもる憤りもまた、わたしを叱咤する。いつのまにか、ふやけてしまう心を、こんな先達の文が励ましてくれる。たいした歌も作らないのに、「歌人です」とアピールするようなことは「首まで赤く」なるような恥ずかしいことである。

もちろん「りっぱな詩さえ詠んでいると、ひろい世間の人様が、ほったらかしにしておくはずがない」というようなことは、なかなかありはしない。方代だって、それはわかっている。だから、「埋没の仕方」なのだ。

　掲出歌の「己をもって書いている」とは、このような腹の据わった己のありようを持しているということだ。詩を書くものは詩を、歌を作るものは歌を、実践の積み重ねのなかでさまざまな側面に出会い、そのたびごとに何事かを悟っていく。モラルというものが、そこから生ずる。もっとも何でも宣伝時代の今日では、「詩人です」「歌人です」と自己アピールしていかなくっちゃ誰も見てくれない、自己宣伝は恥ずかしいことでも何でもない、というアメリカ流（？）のモラルに移行しつつある。現今の歌を作る人々は、だいたいそういうふうである。

　それも一理あるかもしれない。しかし、創作というような、あんまり世の中の役に立つかどうかわからないようなものについては、昔ふうの考え方のほうがまっとうではあるまいか。

　わたしも、肩書を書かなければならないときにはしかたなく世間通用の「歌人」と称しはするが、書くたびにいささか身の縮む思いがする。誰かがはばかりなくそう自称するのを聞くときには、他人事ながら面を伏せたくなるような気がする。

　銭にもならぬ、世に役立たずの詩を書く人がおとなりには住んでいて、食うや食わずだが、確固とした己をもって書いている。何とすばらしいことよ。ああ、わたしもそうでありたいよ。そう、方代はうたうのだ。

山崎けさの

母の名は山崎けさのと申します日の暮方の今日の思いよ

「母の名は山崎けさのと申します」は、浄瑠璃か何かの声色のように聞こえる。たとえば、旅の途中で行き倒れになったところを、近隣の人々の、やれ水だ、握り飯だという手厚い親切に、ようやく気を取り戻し、そうしてやおら、わが生い立ちを語り出すという、そんなしんみりとした場面だ。あるいは、舞台のうえに行き暮れた男がひとり固く坐っていて、悲しい母との生き別れか死に別れのいきさつを拳で涙を拭いながらものがたっている場面かもしれない。身につまされてそっと涙をおさえる暗い客席――。幾通りでも筋書きが思い浮かべられそうだ。

一方、「日の暮方の今日の思いよ」は、上句とはまったく違って、われにかえった声低い独白である。

いつのまにか人情ものの主人公になって身の上話を語り出すという空想をしているのだ。日の暮れ方、赤みのさした夕光が部屋にさしこんできて、やがて藍色に没していくころ、たったひとりで坐っているときの空想である。身の上話に感極まる場面でふとわれにかえり、暮方の薄闇のなかの現実に戻る。そして、感傷いっぱいになった胸をもって、「日の暮方の今日の思いよ」と声低くつぶやく。空想でゆたかに彩るおのが世界と、その背後――。歌のさびしさがそこに滲む。芝居の主人公にでもなったかのようなこういう空想を、ときおり方代はすることがある。前に掲げた〈五寸釘くぎ一本の打ちどころお墓い申してやまないのです〉も、そうだった。

方代の子どもの頃、村に回ってくる浄瑠璃語りや芝居一座がなかっただろうか。わたしの耳には、何かそういった声の原型のようなものが聞こえてくる。

命

ホオセンカの莢《さや》がはじけて掌をくすぐる程の命なりけり

「ホオセンカの莢《さや》がはじけて掌をくすぐる」は、すべて「命なりけり」にかかる。これが命というものなんだな。それだけの歌だ。

子どもの頃、鳳仙花の莢に掌を近づけてパチッと爆ぜさせる遊びをした記憶があるのだろう。掌にあたるかそかな感触。それがよみがえる。人のはかない一瞬の命を喩えるのに、よくいわれる線香花火や薤露ではなく、おのが体に積み重ねた記憶から比喩を引き出す。他の誰でもない、おのれひとりだけの自得といった手応えが、それゆえまざまざと伝わってくる。

鳳仙花の莢の爆ぜる感触は、大宇宙からすればあっというまの人の命のはかなさとともに、取るに足りぬ無名の民のかそけさをも伝えてくるだろう。

石臼

石臼の上に積った夜の雪を朝日が赤く射している

石臼を使う生活を実感としては知らないが、厨や土間にいつも見慣れた日々の必需品だったはずだ。若い頃のこんな歌がある。

石臼を最後に売りてふるさとの右左口《うばぐち》村を逃れて来たる　「泥」三号昭和三十四年八月

右左口村を、盲目の父龍吉とともに出たのは、昭和十三年、方代二十四歳の年の一月。前年晩秋十一月二十五日、母けさのが没し、横浜に嫁していた姉の関くまのもとへ二人が引き取られたのであった。家屋敷田畑を処分して、最後に石臼が残った。家財道具がつぎつぎに運び出され、家のなかががらんとしていく日々は、やるせない。石臼には、ことに母の記憶がつよいだろう。

掲出歌の「石臼」も、もしかしたらこの最後の日の石臼が思い出されてきたのもしれないが、しかし、そんな背後のストーリーを忖度せずに、歌そのものを見てみたい。

一晩のうちに降った雪が、石臼に積っている。そこに朝の赤みを帯びた光がさしている。ただ、そういう光景だけが、まざまざと目に見える。歌は、石臼のうえの朝日を浴びた白い雪だけを見せる。あとはいっさい沈黙する。

この歌には、たとえば最後の石臼を売る日の朝などといった感傷は、まったくまつわっていない。記憶にある風景を写生することによって、何がしかの情感を景に託するという歌ではまったくない。方代は、ここでは語らない。歌の沈黙のふかさが、すべてなのだ。下句の「朝日が赤く射している」という字足らずは、それゆえの必然の選択だろう。

日が照っている　石臼の中

この自由律俳句のような「歌」も、沈黙のふかさがすべてである。あと一語でも付け足したら、しんとした石臼のなかの日のひかりが壊れる――そういう作者の判断が、こんなに極端に短い、思い切った破調を作らせた。

掲出歌や、右の短い石臼の歌をじっと見ていると、いわけない年齢の子どもの目のようなものが感じられてくる。毎日見なれた石臼に、ある朝、あかい光を滲ませている白い雪。昼の光をいっぱいに浴びている石臼の中。何の感情もなく、子どもの目が一瞬とらえて印象する風景。沈黙のふかさ。

方代はおはなしの歌をよく作るが、これはそういう類とは違って、反おはなし・反物語の歌といえるだろう。

歌のきっかけは最後に売った石臼の朝の光景だったかも知れないが、そのうたい取り方は感情を景によって叙べるといった性質のものではないこと。歌の石臼を見る目には記憶の重層を含んでいるということ。そこを注意しておきたい。

蕗の薹

コップに投げ入れておきし蕗の薹身ぶるいしつつ咲きあがりたり

蕗の薹の食べ頃は、蕾のころころとした時期であるので、少し花の開きかかったようなのをコップに投げ入れておいたのかも知れない。ある朝見ると、伸びた茎のあたまに目立たないが白い小さな花がいっぱいに咲いている。

方代が実際に見た光景はそういうものだ。それを「身ぶるいしつつ咲きあがりたり」といった。そう、感じ取った。あたかも、自分が蕗の薹であるかのように。

「身ぶるいしつつ」には、地中からの補給を断たれた蕗の薹の苦しさがこもる。その苦しさに共感するからこそ、「身ぶるいしつつ」という語が出る。困難に抗って、身をふるいおこして、「咲きあが」るのだ。

「咲き出でにけり」ではない。「咲きのぼりたり」でもない。「咲きあがりたり」という語が、必死につま先立って背伸びしようとし、ようやっと遂げたという感じをとらえる。「たり」が、とてもよく生きている。

蕗の薹の擬人化とか、蕗の薹に成り変わってとかいうのではない。蕗の薹を見ている生命が、蕗の薹の生命と響き合ったところ、そこにあらわれ出た「身ぶるいしつつ咲きあがりたり」である。

寒雀

寒雀丸焼きにしてぎしぎしと頭も骨もかみしめておる

雀の串焼きを食べたことがあるが、頭ばかりが大きくて肉などはほとんどついていない。寒雀だと、いっそう肉は薄いだろう。「ぎしぎしと」という擬音が、骨がちな雀の丸焼きを「かみしめて」いるさまをいかにも思わせる。

「頭も骨も」、まずここが大胆だ。少し理の立った人なら、「頭の骨も」「頭も脚も」「頭骨も背骨も」というふうでなければ、文章法として論理的におかしいことにすぐに気づくが、平気で「頭」と「骨」を並列する。

しかし、「頭も骨も」の稚拙がよい。このすこし歪んだ「……も……も」の使い方が、多少の歪みなどかまっていられないといった速度感を出す。ばりばりと、いっしんに、骨を嚙んでいるさまが浮かびあがる。

また、雀の頭は、嚙むとそんなに固くない。脳味噌の汁気のある部分で、背骨や手羽や脚の骨の部分とは歯の感触が違う。その感触の違いが、「頭も骨も」でかえってうかがえよう。さらに、

「頭も骨も」だからこそ、あの大きなまるい頭骨とその下についている細い骨が、そのまま目に見える。

ところで、この歌は、いまそうやって食べている、という歌だろうか。少なくとも方代がこの歌を発表した昭和五十八年前後、そうやって食べたことがあったという歌なのだろうか。わたしにはどうしても、「ぎしぎしと頭も骨もかみしめている」ところの、その顔を覗きこむと、作者の方代だけではなく、寡黙な山の漁師のようなそんな面影が浮かんできてしようがない。

方代はそのころ鎌倉のどこか屋台で雀の串焼きを食ったのかもしれない。しかし、たとえそれが歌のきっかけであったとしても、この歌にはかつて父親とともに野辺で焚火をしながら雀を丸焼きにして食ったことがあるような、そういう追憶が畳み込まれている。

蕗の薹の歌には、方代の生活空間が感じられるが、寒雀の歌はどうしても追憶の歌のように見える。というより、蕗の薹の歌には、蕗の薹のぶるぶると身をふるわせながら立ち上がるさまが見え、寒雀の歌には雀の丸焼きをぎしぎしとかみしめている男の顔が見える、といったほうがよい。

作者が蕗の薹を見ながらうたい、作者が寒雀を食いながらうたっているのではない。たとえば、つぎのような歌。

つれあいに子供を生ませ苦虫をかみかみ酒を飲んでいた

もちろん方代に妻子はいないので、「飲んでいた」のは方代の父親だろうとすぐに了解する。しかし、そういう作者の情報から帰納する読み方では、方代の歌の世界はつかめない、読み解けない、とわたしは思っている。

背後のストーリーからではなく、歌そのものの「飲んでいた」顔を覗きこめば、そこには方代の父ばかりでなく、昔の村ではどこでも見かけたといったたたずまいの父親像が見えてきはしないか。

若いころの方代にはつぎのような父の歌があった。

父はよく酒をこのみて飴売りのラッパのごとき声をあげおりき　「泥」二号昭和二十四年四月

これは、方代だけの父親の歌だ。「飴売りのラッパのごとき声」をあげながら酒を飲むのは、方代以外の父親ではありえない。

しかし、「つれあいに子供を生ませ……」の歌は、右のような追想の歌とはうたいかたが違う。こちらは、自分の父親の追憶でもありながら、なおかつ昔の村人の一典型としての父親像でもある。

近来、閉塞した近代短歌（モダンの時代の短歌）を打ち破ろうとして、いわゆる「私性」を棄却して歌で物語ったり、成り変わったり、虚構をかまえたり、といった試行をよく見かける。それらは、わたしには結局みな近代短歌の裏返しにしかすぎず、その範疇を出ないもののようにしか思えない。そこには、方代の歌のような「自分の父親でもありながら、なおかつ昔の村人の一典型」というところがない。

「でもありながら、なおかつ」というところがないと、歌はつまらない。歌は、いのちを失なう。

仮構の歌をつくっていた歌人が、その虚しさに気づいて、あるいは仮構を凌駕するような現実に直面して、おのれ一個の体験からうたいだすとき、あられもないほど「私」的短歌になる例を、昨今いくつも見る。ポスト・モダンの歌を作っていたつもりで、じつはその本質はべたモダンであったという証である。

わたしたちにとって方代の歌は、ほんとうの意味で、閉塞したモダンの歌を打ち破る一つの指標となるだろう。

地震

ことことと小さな地震《ない》が表からはいって裏へ抜けてゆきたり

方代の住んでいたのは四畳半ほどのプレハブ小屋である。「表」も「裏」もないものだと可笑しくなるが、もちろん、「ことこと」と棚の上のものがかすかに揺れはじめて、やがて落ちつくまでの時間が、このように変容したのだ。雷神の子の弟分のような愛らしい顔をした地震の子が、方代の小屋を突然訪問、部屋の真ん中をことことと歩いてそのままいっちゃった——というお話の歌。ほほえみのなかから歌が生まれている。

これは、「短歌現代」昭和五十八年十一月号「雛がかえった」三十三首冒頭の歌。この年の二月、方代は朝日新聞に四回にわたって「天生流露」を連載した。その第一回目に書く。

詩でも歌でも根っこのところには楽しいものがなくては困る。生きるつらさ、苦しさを越えようとするには、楽しさを杖《つえ》とするのがいいのではないかという気がする。歌は私のようなものにとって死に支度の草鞋《わらじ》をつくることかもしれない。

3K（暗い、汚い、きつい）を厭い、オリンピック選手が試合を「楽しんできます」などと言う昨今、歌もかつてのような「生きるつらさ、苦しさ」を訴えるものはなくなった。深刻ぶった臭みが抜けてその点においては進んだともいえるが、一方、どの歌も似たようなうすっぺらな表情になってしまってもいる。方代の「楽しさを杖とする」という言葉は、むしろかつてよりも理解されがたくなっているのではないだろうか。

煙管

口ひとつきかずにいるといちにちがながいながい煙管のようだ

一人暮らしのお年寄りなら、誰もが一度は「口ひとつきかずにいると一日が長い」という思いをしたことがあるだろう。そんな歌もあったような気がする。見捨てられたような老いのさびしさを感じるという歌におおかたはなる。

ところが、方代の歌はそうではない。「口ひとつきかずにいるといちにちがながい」の「ながい」から「煙管のようだ」と、思いがけない比喩を引き出し、転じてゆく。読み終わると、待ちぼうけのお爺さんのように、切株に一日中煙管をくわえて坐っている、のどかな心のありようが現れる。それは、あくせくしてやまない現代人ではなく、昔びとのこころのありようでもある。

一日が浮き世のように長いので急須の垢をこすって落す

こちらは、「短歌研究」昭和五十八年十一月号「一筆啓上」三十首中の一首。「急須の垢をこすって落す」のは、してもしなくてもよいような無用のこと。所在ない時間を、丁寧に急須のお尻をこすっている。そこに少しのさびしさも、不満も、虚しさもない。何を為すということもない一日の長さを、そのままにいつくしんでいる。

けれども誰にも持つことのできない天性流浪のゆたかな才能だけは、父母が授けてくれ生んでくれたことを私はちゃんと知っているのである。人間なにもせずに生きている限り、このように、けなげに生きて行けるのだ。

昭和四十四年に出した歌集『右左口』あとがきに、すでに方代はこのように書いていた。なにもせずに生きていく――。それは、世に有用のことをあくせくと為して、人に褒めそやされて、自分でも役立つ人物であると少しは得意になってという、俗世間のせちがらい生き方を、まっこうから否定する生き方だ。
何もせずに生きていくことの大肯定という「哲学」を、方代はその生の体験のなかから少しずつ確かなものにしていったように思われる。これに関しては、また別の項で考えよう。

夕日

櫛形の山を夕日がげらげらと笑いころげて降りてゆきたり

山梨県南アルプス市と南巨摩郡富士川町の境にあって甲府盆地のどこからでも見えるという櫛形山をさすだろう。長くてなだらかな頂稜（北から南へ丸山一六二五m、唐松岳一八五六m、裸山二〇〇三m、奥仙重二〇五二m）が和櫛の背の形に見えるのが、名の由来であるという。

方代が子どもの頃から見馴れた山の姿である。その和櫛の背のようななだらかな頂稜を転がるように、真っ赤な夕日が「げらげらと笑いころげて」降りてゆく。何と元気いっぱいの楽しげな夕日であることか。

此のように何を食べてもうれしくて笑い飛ばしてやりたいのだよ

こちらは「短歌研究」十一月号「一筆啓上」の一首。櫛形山の夕日に見た笑いの活力は、ここにも見られる。十一月号には、「短歌現代」と合わせて計六十三首を発表。この年の夏から秋にかけての歌の充実、精気活気、際だっている。

じつは、年譜によると、三月十八日には「左眼続発性緑内障の為、横須賀衣笠病院に入院。煙草をやめる。酒量減らす」とある。戦争で右眼を失明し、左眼は〇・〇一の視力しかなかった。その左眼に、緑内障を発症したのである。四月十日に退院して、八月にはＴＶＫテレビ「神奈川の作家録」に出演、月末は宮島での「うた」短歌会第六回全国大会に参加しているから、いくらか軽快したのかも知れないが、緑内障の治癒はむずかしい。

かろうじて保つ視力はかぐろくて低い鴨居のようにしんどい

両耳を立ててあたりをうかがえばめくらの闇はあったかい

こんな歌が「雛がかえった」一連中にもあるのを見れば、日々に視力を失う不安はあったはずだ。

ちょうど十年ほど前のこと、昭和四十七年九月、そのときの方代は白内障を病んだ。ある朝、岡部桂一郎のもとに根岸侊雄から「すぐ来てほしい」と電話があったという。二ヶ月ほど前、根岸侊雄の新築の家の敷地内に移ったばかりの頃のことだ。

〈両の手を固く括りておそろしきこの夜の闇の白むのを待つ〉、この歌を引いて岡部桂一郎は書く。

自分の手がとつぜん梁に紐をかけるかもしれないし、刃物で手首の動脈を切るかもしれない――そういう突発的な自分の行動の発生を防ぐためだ。このような衝動は方代の中に存在し、その危機をいくつかくぐり抜けてきたのは彼のこの用意のよさであったろう。（略）片一方の視力が〇・〇一。やっとそれだけ残っていたのが一度に白濁してしまい、歩行にさえ人の助けを借りなければならぬにわか盲目になった衝撃は大きかっただろう。「ゆうべは両手をしばって、まんじりともしなかったよ」とつぶやいた。

「方代百首」『山崎方代追悼・研究』

急に目が見えなくなった絶望からパニックを起こした方代は、一晩われとわが手を縛って過ごしたのであった。

この白内障のときの絶望と比べると、緑内障を発症、退院してきてのちの「雛がかえった」三十三首「一筆啓上」三十首のみなぎるような「笑いころげ」「笑い飛ばす」歌の活力には驚く。

岡部桂一郎は、〈死ぬ程のかなしいこともほがらかに二日一夜で忘れてしまう〉をあげて「山崎方代の青年期からこれは一貫した特色であった。絶望のときもわたしたちが降りてゆかないところの底に降りてゆく。が、すぐにほがらかに浮びあがってくる。接続してつづかないのが方代の特質である。動物的精気というか、生の平衡感覚というか。」(前掲)と評するが、あるいは的を射ているかもしれない。

生への意欲を、みずから両手を縛ってでも、けっして失おうとしないのである。どん底に落ちると、かえって跳ね返すように活気づいてくる。「生きるつらさ、苦しさを越えようとするには、楽しさを杖《つえ》とするのがいいのではないか」——絶望の海にあって、歌はその海を漕ぎ渡る「楽しさ」の一本の櫂だった。絶望が深ければ深いほど、櫂を漕ぐ力はりんりんと湧きのぼってくる。

かなかな蟬

榾山をゆさぶりながらしののめをかなかな蟬が叩き出したり

豪快な歌だ。一山全体を揺さぶりかえして、かなかな蟬が鳴きはじめ、その声をもって東のあかね空を叩き出す。

「叩き出したり」の馬力のよさ、エネルギーの充溢。緑内障発症という不幸は、かえって方代の生の活力をその中枢からまっすぐに引き出したようである。

鼻の穴

大菩薩の朝の空気を鼻の穴いたくなるまで吸込みにけり

大菩薩は大菩薩峠。「峠」を表記に入れなかったのは、たんに簡便のためではなく、尊い菩薩のめぐみによる朝の空気を感じたいためでもあっただろう。清らかな山の朝の空気を鼻がつーんといたくなるくらいまでに吸い込む心地よさ。何も「鼻の穴」とまでは言う必要のないところだが、うれしくて、おどけたいまでの楽しさが、それを言わせる。

　小仏の朝の空気を鼻の穴いたくなるまで吸いこんで出す

「うた」昭和五十八年十月号「綿の畑」より。こちらは、小仏峠。これもやはり「小仏」という語をよろこんでいる。歌は「小仏」「吸いこんで出す」よりも、「大菩薩」「吸込みにけり」の方がやはり息がつよい。「雛がかえった」一連の充実が思われる。

さらに、ここにみなぎる解放感は、たんに空気が新鮮なせいばかりではなかった。昭和五十年三月に発表された第一回「短歌」愛読者賞受賞に際して、次のようなことばがある。

　私は、生きて行くのにこれといった職業も無く、本当に無頼でした。
　何も、これといったものも無く生きて来ました。家族もありません。
　吸う息も、かすかに吸いながら世をはばかって生きているような具合で、人間、吐く息はチッとは遠慮なく吐いているみたいな感じです。(以下略)

方代にあっては、「吸う息さえはばかる」といった慣用句を連想させる「吸う息」「吐く息」なのであった。「小仏の朝の空気」も「大菩薩の朝の空気」も、浮世から離れた、慈悲深い山の空気である。だからこそ、誰にも気兼ねなく、はばかりもなく、「鼻の穴いたくなるまで」思うぞんぶん、新鮮な空気を胸に吸いこむのだった。

赤いチョーク

わたくしも赤いチョークを付けられて列のうしろで待っておる

軍隊の身体検査か何かの思い出か、あるいは病院での検査だろうか、体のどこかに「赤いチョーク」で印をつけられて、列のうしろについて並んで待っている。そういう現実場面があった、かもしれない。

しかし、この歌の「赤いチョーク」は、神からつけられた死の順番である。「赤」が不吉である。すでに赤いチェックを入れられてしまった。列に並ぶ人々は、誰もがどことなく落ち着かない面もちをしている。夢の中のような風景だ。

「雛がかえった」は笑いの活気に満ちた精気かがよう一連だが、そのなかにこのような、しずかに強く眼をみひらいているような歌もある。

桃の種

どうしても思い出せないもどかしさ桃から桃の種が出てくる

「短歌研究」昭和五十八年十一月号初出「一筆啓上」三十首より。上句と下句の繋がりが意表をつく。一読、意味がとりにくいが、直観的におもしろみを感ずる。「よくわからないけど、こんな奔放さが方代なんだ」、おおよその方代読者はそう納得して読み進めていくことだろう。

しかし、立ち止まってつぶさに見れば、じつはそれほど無手勝流の作り方をしているわけではない。むしろ語法は、理が通りすぎるほど通っている。「どうしても思い出せないもどかしさ。桃から桃の種が出てくる（というような当たり前のことが）」。このように補えば誰にでもわかる一文となる。

桃から桃の種が出てくるといった当たり前のことが「思い出せない」と言うところ、ここには〈方代の思想〉が潜んでいるだろう。「生きているものは死ぬ」とか「赤子は老人になる」とかいった当たり前のことを、人は身にふかく刻み込んで生まれてきている。それなのに、この世を生きしのいでいるうちに忘れ果ててしまって、どうしてもこの当たり前のことが受け入れられない。受け入れたくない。何ともどかしいことよ。歌はそういうのである。

そして（　）内の大胆な省略、ここは短歌作者方代の技量・腕前をしめす。一見、「どうしても思い出せないもどかしさ」と「桃から桃の種が出てくる」というフレーズの二物衝撃のおもしろさのように見えるが、じつは意識的な選択の働いた省略の結果である。

「一筆啓上」一連には、ほかにも語句の大胆な省略をした歌があった。

ぼけの実が五つも隠れておったゆえ頭が急に軽くなりたり

ぼけ（木瓜）はバラ科、花はよく見るが実は知らない。手もとの植物図鑑には、果実は西洋ナシ形で十一月に黄熟、香気があるが食べられないとある。

西洋梨のような下ぶくれの果実が頭のなかに五つ隠れている図を思うと笑い出したくなるが、もちろん「惚け」をかけている。ぼけ（木瓜＝惚け）の実が五つも頭のなかに入っていた。それを知らなかった。いますっかり取り除いたので、頭が急に軽くなった、頭がすっきりしてうれしいよ。

「ぼけの実が五つも隠れておったゆえ」と「頭が急に軽くなりたり」との間に、（それを取り除いて）という語句が隠されている。

山仕事おこたりおればこのように熯は熱くてつまめない

「山仕事おこたりおれば」と「このように熯は熱くてつまめない」との繫がりは意外に感じるが、少し考えれば（手の皮がうすくなってしまって）が隠されていることがわかるだろう。「ぼけの実」の歌も「山仕事」の歌も、語句を補充してしまえばわかりすぎるくらいわかる歌になる。ぼけの実を取り除いたから、とか、手の皮がうすくなってしまったから、とかそんな理由を入れるとたんなるリクツになってしまうような歌だ。そこを、大胆な省略によって、歌を直接にした。あきらかに作者方代の意識的な選択が働いている。この省略、簡単なようだが、いざ作るとなると容易ではない。

しばしば解釈しがたい、片言めいた、稚拙の物言いに見える方代の歌を、さすがは子どものような奔放な感性をもった方代さん、というふうに見収めては、わたしたちは短歌作者山崎方代を見失ってしまう。

『迦葉』解説に玉城徹は「一般に考えられているより遥かに、方代は意識的な作家であった」と記したが、技量の上においても成熟した作家だった。方代の省略法ともいうべき、稚拙に見える語句の省略――方代の口語文体――は、じつは短歌作者としての歩みのなかで苦心惨憺して獲得していったものであった。

その一端がうかがえる、つぎのようなエピソードがある。昭和四十四年頃、唐木順三を訪ねた日の思い出である。

その日の先生は上機嫌で歌のことにもふれられた。お前の歌はちょっぴりしゃべり過ぎるところがあるのではないか、七五調のもどかしさを破って、日常瑣末の身辺を、何でもなく歌う調べはできないものか、この間出た歌集のあとがきを見たら、一夜作りの一五〇首と書いてあったが、あれはハッタリだろう、とずばりいわれ、一夜作りの歌など文学にならないよ、と笑われた。こと文芸にたずさわるならば常にひたむきでなくてはならぬ。そして無類の正直者であることが条件で、一休も良寛も決して異端者ではなく底ぬけの正直者だという先生の語気は肝にこたえた。

「天生流露」昭和五十八年二月「朝日新聞」連載

「この間出た歌集」とは、昭和四十四年短歌新聞社から刊行された大西民子・岡野弘彦・河野愛子・清水房雄・長澤一作・山崎一郎との合同歌集『現代』をさす。これに方代は「陽のあるうちに飯をすませて」百五十首をもって参加した。そのあとがきに「ここに草した歌一群は、夜の八時からあしたの八時までに一と息に歌い並べたものである」とある。唐木順三はこれを見て、「ハッタリだろう」と笑って、戒めた。

昭和四十四年前後の方代は、二年ほど前の吉野秀雄追悼号「方代の歌」五十首で注目されはじめたばかり、前年から田谷の物置小屋で暮していた。合同歌集のメンバーは、いずれも錚々たるものである。このメンバーのなかで、おのれの異端の歌人ぶりを強調することが、人選の意図にも応え、世の意を迎えることにもなる。

唐木順三は、張り切った方代のそういうはからいを見抜いたのだった。文芸をやるものは大いなる正直者でなければならぬ、「一休も良寛も決して異端者ではなく底ぬけの正直者」だっただけだ、けっして異端者を気取ってはならない。もしそんなことをすれば、何だかひねこびた、ひん曲がった者ができあがるしかないよ。

この唐木順三の教えは偉大なものである。この教えを腹中ふかくおさめ、一生の指針とすることのできた方代もまた偉大であった。世間が期待する役回りに嵌り込んでいるように見える方代の歌だが、最後の『迦葉』までの作品を見渡すとき、とてもそんな「異端の歌人」で片付けられる作家ではないことがわかる。没後二十数年たっても〝使い減り〟しない歌が何よりの証拠である。大道にまっすぐに頭を抜いて立っている。

唐木順三の「お前の歌はちょっぴりしゃべり過ぎるところがあるのではないか」というもう一つの指摘、これもまた方代の真芯にあたる忠告だった。そののち、方代はこの点について何度も反省したらしく思われる。

柿の木だけに日がうっすらと当りいてああ女は遠方にいる　「陽のあるうちに飯をすませて」

裏の柿の木に日が当たりいて　女は遠方にある　短冊

後者は、山崎方代が昭和五十三年「牙」別府大会に来たとき、その歌会でわたしが入賞していただいた短冊の歌である。どの歌集にもおさめられていない。

昭和四十四年発表の原作から「だけに」「うっすらと」「ああ」が省略されているが、ここが「しゃべり過ぎ」の部分であることは、並べてみるとはっきりとわかるだろう。唐木順三の指摘をふかく受け止め、「しゃべり過ぎ」をどう克服するか、年々みずからの歌を反省し、日々考えるともなく考えていたということが、右のような短冊の歌でわかろうというものではないか。

口語歌は、文語歌に比していっそうずるずると「しゃべり過ぎ」になりやすい。掲出歌のような、ひとまとまりの語句を意識して抜くといった大胆な省略法にいたるまでには、かなりの年月が必要だったように思われる。『こおろぎ』時代には大量の歌を編み捨てているが、そういう困難の時期を経て掲出歌のような省略法に達したものと思われる。

食べてみて食べられるゆえほくほくと冬の茸の汁にあずかる

昭和五十五年四月「うた」初出　歌集『こおろぎ』所収

「ぼけの実」の歌と同じく「……ゆえ」という語法を使うが、こちらは「冬の茸の汁にあずかる」と、まっすぐに意味でつながっていく。このように上句から下句へと理の繋がっていく語法が、『こおろぎ』時代の歌を眺めていると多いのである。

秋風

九月二日昼の窓から秋風がにっこり笑って来てしもうたり

結句「しもうたり」で、歌が一気に意味を変ずる。来るべきものがついにやって来てしまった、受入れるよりしようがない。そういうニュアンスの「しもうたり」である。「秋風」はここちよいものだが、冬の死をかすかに予感させる風でもある。それが「にっこり笑って」やって来る。

空の徳利

空の徳利に盃をふせて遠くからながめていると夜が明けてゆく

昭和五十九年一月号「うた」初出「ネルのうた」より。この歌については、方代の歌稿を毎月もらってくる係であった「うた」会員中村美稲さんの印象深いエッセイがある。

方代の歌の作りかたは、締め切り直前になって一気に二十首三十首と作るものだったらしい。この「ネルのうた」十二首のときには、朝七時過ぎ「おう、まだ、三首しきないよ。だめだよ。今度は休むよ」と電話がかかってきたという。美稲さんは、とっさに、「四時迄にはまだ八時間あるから、それ迄に残りの九首を是非作ってほしい」と御願いした。

約束の午後四時を幾らか過ぎて、方代艸庵に伺うと、ベッドの上に炬燵をしつらえ、そこに坐った先生が壁の棚を睨んでいた。眼鏡は鼻先にずり落ち、大きな眼を更に大きく見開いて、うつむき加減の顔の目だけが光る。上目づかいの白い眼、ぎろりと光る黒い瞳、いつものあの柔和な様子はどこにもない。鬼の眼を想像させる。（略）大変な所に入ってきたものだと思ったが、引き返すこともならず、わたしは部屋の隅に立っていた。恐る恐る炬燵に近づいたが、先生は元のままの姿勢を崩さなかった。「なんだ、来てたの。」と気付かれるまでには七、八分は経っていたであろう。それから、上の句下の句、ノートに記されてある歌に言葉を入れてゆかれた。出来上がった作品に、苦労の跡をとどめないが、成り立つまでには並大抵の苦心ではなかったようであった。（略）方代先生がノートに大きく書かれた歌を、わたしが声を出して読む。聞いておられた方代先生が、「おう、待てよ。」と言う。そこで直す。また読む。一首、一首をこうして纏めたのであった。（略）その日、方代先生がよしとされた作品は

空の徳利に盃をふせて遠くからながめていると夜が明けていく

であった。「夜が明けていく」ここがいい。「夜が更けていく」では歌にならんのだと言われ

た。

『山崎方代追悼・研究』不識書院刊

「夜が更けていく」では歌にならない。まことにそのとおりだ。尻窄まりの予定調和になってしまう。「夜が明けてゆく」だからこそ、景がひらける。まるで徳利にふせた盃が遠くの山のように見えてくる。山の夜明けを眺めているようだ。

この頃は、酒もたばこもふっつりとやめてしまっていたらしいから、「空の徳利に盃をふせて」は身めぐりの実際から発している。そこから「遠くからながめていると」に移って小さな飛躍がある。たんなる「ながめていると」ではなく、心理的な「遠望」の気持に飛び移る。さらに「遠くからながめていると」に連想の力が働いて、大飛躍「夜が明けてゆく」が引き出される。

結句でぐっと歌をひらいてゆくところ、まことにここが味わいどころだ。

鮭

鼻まがりの鮭をいただき見てみるとなるほど見事な鼻曲りなり

初出は「短歌」昭和五十九年一月号「鮭」十二首。話には聞いていたが初めて「鼻まがりの鮭」をいただいた。どれどれと鮭の顔を見てみれば、なるほど見事な鼻の曲りよう——音に聞く「鼻曲り」を確認し得た笑いと、めったに食べられない贈り物をもらい得たうれしさとが相混じる。

軒下に新巻の鮭を吊り下げて一冬の保存食にするという風習は、わたしの育った九州にはないので、生活感は推測するしかない。鼻曲り鮭というものが本当にあることも、恥ずかしながらこのたび初めて知ったしだい。鼻曲り鮭は、生殖期にある鮭の雄をいうのだそうだ。栄養分が生殖にとられるので軟骨がやわらくなるとか。「陸中海岸の川で捕れる雄鮭は、鼻が大きく曲がっているので、一般に南部鼻曲り鮭と呼ばれて古くから味の良いことで有名」と、日本観光協会ホームページ岩手県宮古市の項にあった。方代のいただきものは、きっとこの「南部鼻曲り鮭」だったんだろう。

歌の核心は実利のよろこびであって、高級な精神的よろこびではない。そこに貧しさを凌いで暮す村人の心性が現れる。体裁をつくろわない本音のよろこびが、無垢のままあらわれる。

軒先に笊を吊して今晩の鮭のあたまを匿しおきけり

こんな歌もある。誰が盗むわけではなくとも「匿し」ておきたいような、ほくほくした気持のたのしさ。昨今の飽食の時代の若者に理解できるだろうか。

歌はそれだけではない。「見てみるとなるほど見事な鼻曲りなり」、鮭いっぽんを得たというう れしさに弾んで浮き立つようなこころは、「鼻曲り」という語の連想へとおもむく。「鼻曲り」という語のおもしろさに戯れる。「鼻曲り」はへそ曲がりを連想させるが、はたして辞書にも「性質がねじれていること。つむじまがり」の意があった。さらに連想は「へそまがり」にとどまらず、さざ波のように拡がって、この歌に複雑な笑いをもたらす。「鼻曲り」の「鼻」には、どこか滑稽な、そしてエロチックな感じが多少うごいているとわたしには感じられるのである。生殖期の雄鮭であると知って、やはりと思う。

「鼻」は、方代の好きな語の一つであった。方代世界を構成する主要素の一つである。方代の歌の作り方は、ある語を何かの象徴的比喩につかうなどというようなものではないから、そのときどきによって意義がずれていく。それでも『迦葉』のつぎのような歌を並べてみれば、

ものなべて日ぐれてゆけばわが思い私はあなたの鼻でありたい
人生はシャッポのような物ですよ私はあなたの竿でありたい
股間に短い竿を付けておるキリスト様は男なりけり

「鼻」は「竿」であり、「竿」は「股間」のものであるということになるだろう。げらげらと笑う、明るい猥談のようなおもむき。民謡にだって猥談めいた歌詞はいくつもある。方代の「鼻」には、そんな滑稽でからっとしたエロチックな要素がまつわっているようだ。野卑におちいりそうなところを、あかるさで発散させて、野のこころを「これ見よ」と差し出すのである。

蒟蒻玉

本卦がえりを迎えることがなんなのか蒟蒻玉を伏せている

同じく「鮭」十二首中の一首。「本卦がえり」とは、生れた年の干支と同じ干支にふたたびめぐり合うこと。すなわち還暦をいう。

店頭に出ている蒟蒻しか知らないわたしにとって、「蒟蒻玉を伏せている」はほとんど暗号みたいなものだ。現代人だけでなく、蒟蒻を栽培しない土地のものにとってもそうではあるまいか。

鼻曲り鮭といい、蒟蒻玉といい、方代の歌の発想は、ある特殊な地方にふかく根ざしている。口語文脈でわかりやすく感じられるが、けっして一般的に誰にもわかりやすいとは言えない。

方代の歌は大衆的だなどというが、すこしも「大衆」の誰にでもわかるような歌の作り方はしていない。それどころか、右の歌一首を見てもわかるように、相手がわかろうがわかるまいがそんなことにはいっさい頓着していない。日本全国が対象の番組視聴率のような、ひとりでも多くの人にわかりやすく好まれるように、というような発想からは、ほど遠い。世界中を資本主義化させるグローバリズムの流通のしやすさなどとは、まったく無関係なのである。

方代はただ、ある特殊な地方に生きた無名無数の生活者の感じ方を「見よ」と差し出しているのにすぎない。にも関わらず、わからないものはわからないままに、歌はちゃんと味わえる。鼻曲り鮭を知らなくても、蒟蒻玉を知らなくても、〈無名無数の生活者の感じ方〉にわたしたちは何かしらのなつかしさを呼び起こされて、「方代さん」と呼びたくなる。土地は違っても、同じように生きてきたわたしたちの祖の感じ方、歴史に名を残さない無数の人々の感じ方が呼び起こされて共鳴するからだ。

さて、「蒟蒻玉」だが、蒟蒻の球茎、とは辞書のいうところ。しかし、これだけでは「伏せている」がまだ理解できない。

蒟蒻栽培は、まず五月頃、生子《きご》と言われる一年目の種芋を植え、十月か十一月頃に、少し大きくなった芋を掘り起こすという。冬場はこれを蒟蒻室に貯蔵するが、温度を5℃～10℃に保たないと芋が凍みてしまう。これを毎年繰り返して、年々大きな芋にしていく――。直径二十センチメートルを超えた四年物の、大きな西瓜ほどもある蒟蒻玉の写真が掲載されているブログを見て、わたしはようやくわかった。おそらく、貯蔵するときにも、球茎の天地があって「伏せて」保存するのがよいとされているのに違いない。

蒟蒻玉はこのように年がめぐるごとに太っていくが、人間にとって六十年を一巡りとする「本卦がえり」の意味は何なのだろう。はたして人間も一回りゆたかに大きくなってゆくものだろうか、そういう知恵を古人は言ったのかしら――。

歌意はこんなところか。この歌が掲載された昭和五十九年正月、方代は七十歳の春を迎えた。歌は、還暦を十年過ぎたある日の方代の思いである。

注・後に恩田英明氏より、「伏せる」とは種芋を伏せる（または伏せ込む）意で、農作業では広く使われている言い方とのご教示をいただいた。

首

水晶の峠を越えて首だけが甲府屋形へ帰りゆきたり

水晶峠は甲府市の北東方向、標高二五九九メートル金峰山の南面にあって、いまでも水晶が拾えるそうだ。また、甲府市屋形という地名もあり、近くには武田神社があるようである。

一五八二年、武田勝頼父子は天目山で討ち取られ、信長の逗留していた飯田で首実検された。そののち京六条河原で獄門首として何日も放置されたという。甲斐法泉寺の快岳宗悦が、妙心寺住持にはたらきかけて首を信長からもらいうけ、勝頼の歯と髪を持って帰って法泉寺に祀ったというが、その道すじに水晶峠があったのかどうか、わたしにはわからない。

「首」も、方代世界を構成する主要素の一つ。短歌新聞社から刊行された自選歌集は『首』(現代歌人叢書、昭和五十六年)と、標題にもしている。胴体が埋められたあとどころに首無し地蔵三体が供養されてあったり、勝頼の首を洗ったとされる流れがあったり、甲州各地に言い伝えが残る。このような伝説を口伝えで聞いた子どもは、「首」が脳裏に深く刻みこまれただろうことは推測できる。

方代世界にあってはさらに、そんな伝説があるというにとどまらない、独自の意味を「首」は帯びている。以前、方代の生涯にわたって叙事詩的に展開する「首」の歌について述べたことがあった。「首」を刎ね省かしめ、胴体だけが歩く歌から、「首」が埋るまでの過程がたどれることを確認した。

こうやって「首」の歌をながめていると、それにもう少し言葉を付け足したい思いがする。

勝頼は首を落して首だけを信長殿にくれてやりたり

がっしりと丈低くして首がない与える首は要らないからだ

杉苔の白くひろごる蟬しぐれ頼家の首に吾れ見参す

『迦葉』では「首」の歌は、掲出歌をくわえてこの三首。(〈白鳥の小説をまたよみかえし鬼の首でもとった思いよ〉という慣用句をつかった歌もありはするが)。方代にとって、「首」という語は、この世を生きる者の勝ち負けに関わっているようだ。

そして方代が「首」とうたうとき、つねにといっていいほど首をくれてやった敗残者の側に立っている。敗残者の側に腰を据えようといった自己意識が見てとれる。

信長は、勝頼の首を杖で二回ほどつついて蹴ったらしいが、「与える首は要らない」、首はくれてやろう、しかし、胴体だけでおのれは生き続けてやる――。この少しも敗残者らしくない、昂然とした、負けても負けないありよう。敗残者の裔を自認する甲州者方代の歌の根底にはこういう地の活力がながれている。

『甲陽軍鑑』には、高坂弾正が武田信玄のつぎのような言葉を引いて、勝頼を戒めるくだりがあった。「信玄公御在世《ございせい》の時宣《のたま》ふは、『十のもの六つ七つの勝ちは十分なり。十分に勝てば怪我ありて、後《のち》は一分《いちぶん》も勝ちはならぬ』と我等ばかりにてもなし、各々家老衆へたび〳〵仰せられ候」。「十の儀を十ながら勝つ」のは良くない。十のうち、三つ四つくらい負けるのが最上の勝だというのである。勝頼はこの強すぎる武将であった。

正しいこと

口のなかが酸っぱくなるまで出しゃばって言ってやりたい思いなりけり

力には力をもちてというような正しいことは通じないのよ

「短歌新聞」昭和五十九年一月号初出。この二首を一組として、わたしは読んできた。ともに権力にたいする底深い憤りがすみずみまで漲っている歌だ。

何も言っていないが、背後には戦争体験があると誰にも了解されるだろう。「口のなかが酸っぱくなるまで出しゃばって」言うに足るだけの、体験を経て確信した力強さがことばにあふれている。「力には力をもちて」対することは「正しいこと」かもしれないが、そんな「正しいことは通じないのよ」。「のよ」の、庶民ことばの調子が、世間を生き凌いできたものの声を響かせる。（女ことばではない。職人や町人のつかうような下層階級の男ことばである）。

かつて若き方代たちは、「暴支膺懲」＝乱暴な支那を懲らしめろという「力には力をもちて」の「正しい」論理に乗せられて戦場に送り込まれたのであった。

くりかえしつたえる朝の報道の事実と云えど信じる勿れ　　　歌集『方代』

「正しいことは通じないのよ」というひねりを読むとき、わたしはいつも「事実と云えど信じる勿れ」という敗戦直後のこの歌を思い出す。骨身に徹した庶民の知恵と抗いがこもっている。

年表をめくってみると、掲出歌のおよそ一年前、昭和五十七年十一月に中曽根第一次内閣が成立している。昭和五十八年二月には、田中元首相の議員辞職勧告決議案で国会紛糾、三月には米原子力空母エンタープライズが佐世保に十五年ぶりに入港。十月には田中元首相にロッキード事件で懲役四年の実刑判決。十二月には第二次中曽根内閣が成立した。

中曽根内閣になってから右傾化がいちじるしくなったが、それより何より、どういうわけか小さな場面で倫理感覚が崩壊しはじめたことをはっきりとわたしは記憶している。素人目にも良いとは思われない中曽根康弘の俳句が、「俳句」だか「短歌」だかの巻頭に掲載されたことがあった。「首相」の地位が、文学の研鑽をおしのけた歴史的場面であった。

方代の二首がそういうことに関わるのかどうか、それはわからない。ただ、そんな鬱憤を胸中に感じつつあった当時、初出で読んで胸のすく思いをしたという印象が残っている。

甲州弁

丸出しの甲州弁で申します花は死であり死は花である

前に同じく「短歌新聞」昭和五十九年一月号初出「名刺」一連より。「丸出しの甲州弁で申します」と言っておきながら、厳粛な文章口語「である」調で述べる、その意外さ。心の中でつぶやいた「丸出しの甲州弁」の翻訳文を見せられているようだ。

「丸出しの甲州弁」すなわちもっとも身になじんだことばで「申します」という口上は、これから述べることは自分が腹の底から納得していることであって、それを告げたい、という身振りでもある。にもかかわらず「花は死であり死は花である」と標準文章口語で述べるのは、この意味するところが甲州弁の範囲に通用するだけではなく、普遍的な真実であることをしめすことにもなる。

「花は死であり死は花である」を、もし甲州弁であらわせば、どこの方言であってもそうだが、いくぶんの滑稽を帯びてしまうだろう。それでは歌が逸れる。「花は死であり死は花である」は、わが身の芯までなじんだ甲州弁で、このうえなく厳かに発したい。語の前にきっちりと膝を揃えて居住まいを正すかたちである。だからこそ文章口語のなかでも、いかめしい「である」調を選ぶのだ。

甲州弁、「ですます」調、「である」調、女言葉、語り物調……こういった文体の間をわたってゆく方代の言語選択の軽やかさと、語感の敏感さに驚かされる。近頃の歌がいくぶんの新味を出そうとして、文語を基調としながら折衷的に口語を取り入れ、結果的に歌体をゆるませ、たるませ、あられもないずるずる文体になっているのとは大違いだ。

方代の新仮名遣い口語混じり文体が、たんに新時代にふさわしい口語文体でというような「口語文イデオロギー」とは動機の根底において異なること、その根底には非公式文体の正式認知をせまった『甲陽軍艦』の記憶があっただろうということは、以前に述べた。

そのような方代が甲州弁を歌にもちこむのは自然なことだが、いかにそれが程を得て淫せず、意識的な選択が行われていたかということを思う。

じつは、甲州弁を知らないわたしは、方代がときおり歌に甲州弁をしのびこませていることにこれまで気づかなかった。古いひなびた、いまでは見ることもできないような一世代か二世代むかしの村人を思わせる言葉遣いだとか、浪花節かなにか語り物に出てくるような言葉遣いだとは感じても、それが甲州弁だとは思いもしていなかった。

しげしげと顔を下から覗き込み一杯だけは銭っこいんねえ
西山の山のくぼみに落ちてゆく黒い夕日よお疲れなって

「銭っこいんねえ」「お疲れなって」という言葉は、特殊な地方性をしめすというより、いかにも身近なあたたかみのある、なつかしい「普遍的な」村人の言葉として受け容れられる。方代の言語選択を通じて、一方言としての甲州弁は「普遍化」し、他のどの地方生まれのものにも違和を感じさせない「普遍的な」村人が、方代世界に創出されたのである。

みちのく

みちのくの海岸ぶちは暗いから昼間も灯りをつけて走ってる

どうやら昭和五十八年年末、方代は山形方面へ旅行したらしい。全歌集年譜にはあがっていないが、「名刺」一連末尾のこの歌をふくむ四首、また「うた」昭和五十九年四月号初出「いちご」一連冒頭の二首は、鳥海山・酒田といった地名が詠み込まれた、方代の〃旅行詠〃である。

今年はじめて降りくる雪は白くして鳥海山は天はるかなり
雪の舞う酒田の町の街中を一人の男が歩んで行った
鳥海の広い裾野は根雪なり鮭の博士が住みついている

「鮭の博士」の歌には〈斎藤勇氏〉と付する。あの鼻曲りの鮭を贈ってくれたのもこの〈斎藤勇氏〉だったか。

方代に〃旅行詠〃は似合わない。方代の歌は、つねに身近にあるもの、あるいは身の内にあって、なじんだ事物や景や人物やそういったところから発するのであって、珍しいものを見た聞いたという〃旅行詠〃はもちろん、何か新しい異なるものに出会って心惹かれるといったところからは出て来ない。九州人が多かれ少なかれもっているような南蛮趣味はないのである。

そういう方代にあって、掲出歌はめずらしく、みちのくという異なる地に対する関心から発している。歌は、冬の日本海海岸沿いを自動車に乗せられて走っているように受け取れる。「暗い」のは、実際は、雪曇りのせいか、靄か霧が出ているのか、何らかの気象のせいだろう。しかし、「雪が降って暗いから……昼間も灯りをつけて走ってる」では、歌にならない。もちろん、方代はそのようには言わない。「みちのくの海岸ぶち」の地は、生まれ故郷の甲州とは違って「暗い」。「暗い」と一挙にその地の特性を把握する。

だからこそ、原因結果をあらわす「……から」という語が理屈にならず、おもしろみが生まれる。地の特性として暗いことと「昼間も灯りをつけて走ってる」ことと、その叙述レベルにはずれがあって、そのずれがおもしろみを生み出す。

武田信玄の宿敵上杉謙信は越後にあって一時は庄内平野まで勢力を伸ばしたともいう。こういう関係が、めずらしく方代に異なる地への関心をもちきたしたのかもしれない。

雪

椴松の幹をかこんでちらちらとこの世の雪が舞っていた

同じくみちのくの旅の途中に見た風景だろう。「ちらちらと……雪が舞う」というような言い方は常套句もよいところ、作歌の初歩には厳に戒められる語句の一つ。常套句とはそもそも使い慣らされて硬直した語句であり、手垢のついた語句なので、血が通わない。一般的には、そのような言葉をつかっては歌が生きない。

ところが、方代の「ちらちらと……雪が舞う」には、不思議なおもしろさがある。まず「椴松の幹をかこんで」の「かこんで」、何だろうと思う。黒い幹のところだけ、雪が降っているのがよく見えるのだろうが、それを「かこんで」というのはなぜだろう。そう思って、読み下ろしてゆくと、「雪が舞う」。がぜん、「舞う」という語が生気をおびる。雪の子たちが、椴松の黒い幹をかこんで、たのしそうに踊り、舞っている。それは「この世の雪」だ。この世に生きて、この世にあることを祝福するかのように、雪の子たちは椴松の幹をとり囲んでくるくると舞っている。「舞っていた」とは、お話をものがたるかたちである。

そこだけに雪がチラチラ舞っている南天の実は赤かりにけり

昭和五十七年作。ここでも、雪がチラチラ舞っていた。あたり一面に雪が積もって、雪のうえに雪が降る。赤い南天の実に降る雪だけがよく見えて、「そこだけ」が記憶に残っているのである。「南天の実は赤かりにけり」は、追想のかたち。子どもの頃に見た、ある雪の日の記憶である。子どもの記憶のなかでは「雪がチラチラ舞っている」としか見えなかったのだろうし、また常套句のもつ大衆性が追憶の感傷を適度によびおこす。

かの啄木は、常套句のもつ大衆性をあつかうに巧みだった。方代もまた、そうである。

蓆の旗

庄内平野吹雪に明けぬへんぽんと蓆の旗が鳴る思いなり

庄内平野を案内されて、百姓一揆の話を聞かされたのか。それともかねて知っている百姓一揆の地に立っての感慨か。「へんぽんと蓆の旗が鳴る思いなり」には、百姓のかがやくような紅潮した頬と誇りに満ちて張る胸が見えるようだ。方代の「民衆」のこころが呼び起こされている。おそらく、天保十一（一八四〇）年、三方所替えの幕命に対して起こった天保義民一揆を胸うちに置いての歌だろう。天保年間は飢饉がたびたび襲ったが、庄内藩は本間家の助力あって餓死者を一人も出さずに乗り切った。その肥沃な庄内平野に目をつけた累積赤字すさまじい川越藩松平氏は、幕府に裏から画策して、ついに老中水野忠邦が酒井忠器を越後長岡へ、越後長岡の牧野忠雅を武蔵川越へ、武蔵川越の松平斉典を出羽庄内へそれぞれ転封することを命じた。絶対命令の幕命をひっくり返すために、本間家の当主光暉は藩の重役や富農の協力も得て、百姓一揆を起こさせる奇策に出たという。本間家をはじめとする富農のみならず下々の百姓にいたるまで、酒井家の長岡転封費用捻出に加うるに赤字財政松平家の課するであろう過酷な重税を思えば現状維持の方がはるかによかったわけで、幟には「百姓たりといえども二君に仕えず」「何卒居成大明神」「何にてもお据わり」と文言を書いて掲げたという。

「へんぽんと蓆の旗が鳴る思いなり」の蓆旗は、これをさすのだろう。百姓代表一行の死を賭しての訴えは周囲の同情を得て盛り上がり、ついに翌年転封阻止運動は成功したという。多分に官製の百姓一揆だったからこそ成功したともいえる。

天保義民一揆については、藤沢周平が『義民が駆ける』という歴史小説にしているそうだ。方代の「民衆」には、小説の主人公でもあるかのような初々しいロマンチシズムがやどる。

午後の日がほこりのようにさし込んで土瓶の気分をやすめているよ

昭和五十九年四月号「うた」初出「いちご」一連より。せまくるしい方代艸庵卓上の「土瓶」は、徳利や湯呑みとともに無くてはならぬ「登場人物」である。午後のひかりが一筋さしこんで、土瓶にあたっている。ひかりが斜めから入ると、部屋なかのほこりが浮いてみえるが、方代はそんな客観的叙述をしない。「ほこりのようにさし込んで」、このガッと摑んだ一言で情景がたちあらわれる。

「……のように」といえば比喩になるが、「ほこりのように」は比喩以上の働きをしている。よくこんな使い方ができたものだと感嘆する。しかも、これは、そういう工夫をみせようというものではまったくない。ごく自然に導き出されたのである。

「土瓶の気分をやすめているよ」にも、ある種の転倒がある。午後の日ざしが土瓶をしずかにやわらかく照らしていて、見ているとわたしのこころは安まるようだと、ふつうなら言うところを、「午後の日」が「土瓶の気分をやすめている」と捉える。

この部屋に「わたし」は存在しないのだ。午後の日が一筋入って土瓶を照らしている、そういうしずかな空間があるだけ。そこで土瓶は安らかな「顔」をして黙《もだ》している。

「気分をやすめているよ」とささやく歌の語り手は、そんな空間を外から見ているのである。

頭

わたくしの頭を強く引ぱって咲いているのは蕗の薹なり

昭和五十九年七月号「うた」初出「鉋」一連より。「わたくしの頭を強く引ぱって」で歌は切れる。切れるというより、ここで主客が転換する。頭が引っぱられている内部感覚が呼び起こされるが、それは自分（作者）が枯葉や雪を指で除けて蕗の薹をひっぱっているのであった。蕗の薹に、おのれの内部感覚をもって、共鳴する。
「引っぱって咲いている」の「…して～ている」という語法は、「走って買いに行く」というように本来一つらなりになる語。だから、第三句で切れることはない。しかし、「引っぱって」いる主語は「誰か」なのであり、「咲いている」のは「蕗の薹」なのだから、切って読まざるを得ない。手品のように第三句でするりと主格が入れ替わってしまった。

かたむける小屋をささえるようにして蕗の薹が咲いていいた

少しあとの昭和五十九年十月「うた」初出の歌。これも擬人化というふうに簡単に言ってしまえない。蕗の薹を人に擬しているのではなく、「わたし」が蕗の薹になっているのだが、成り代わってうたうというような演技ではない。寒土に埋もれてせいいっぱい伸びあがろうとする力がわが体内に響くがゆえに、かたむいた小屋をささえるかのように見える。下から伸びあがる力を、小屋かげに見たのである。それがいとおしくてならないのである。

種　籾

仕舞湯に漬け込んでおきし種籾がにっこり笑って出を待っている

初出は、「短歌」昭和五十九年八月号「桃の花」三十二首。苗代を作る前、種籾が発芽しやすいように仕舞湯に漬け込むというようなことをするのだろう。そう、見当をつけてネット検索をする。はたして出てきたのは、棚田が天まで続いているという岡山県籾村《もむら》の有機栽培農法の米作り。

四月中旬頃、保管しておいた種籾をまず唐箕という機械で風を送り、軽い籾を吹き飛ばす。選

り分けた充実した種籾を、脱芒機にかけて芒をとり、食塩水につけ……というような幾過程を経て、

発芽の準備ができた籾は、播種日の前日から、温湯に漬けて、一気に発芽させます。これを「催芽」といいます。温湯につけるといっても、一晩漬けるので、わが家では、お風呂につけます。風呂に家族が入った残り湯を少し加温して、40℃くらいの水温にします。種籾はネットの袋に入れて、お湯に浸しますが、時々お湯からあげてやり、酸素を供給します。催芽作業の最終目的は、均一な発芽をさせることです。このことにより、均一な良い苗を作る第一歩になります。

仕舞湯に種籾を漬け込むのは、発芽の準備の最終段階なのだった。ほんのわずか籾殻が裂けて小さな白い突起が出ている写真が掲載されている。これが、「にっこり笑って出を待っている」顔だ。ブログの写真にも「かわいい芽が出ています。(実はこれは根です)」とキャプションがついている。こんなに手数をかけて選定した種籾がようやく催芽したのである。「かわいい」と思うのもむべなるかな。方代の歌の「にっこり笑って」も常套句だが、ここではまことに似つかわしい。実《じつ》がこもっている。そうして「出を待っている」、いよいよこの世に登場するのである。

ちょうど舞台の袖に立っているような時期。いま、種は、期待に満ちている。

ネット検索によるあまりにもお手軽な知識にしかすぎないが、せんだっての蒟蒻栽培といい、このたびの仕舞湯に漬け込む種籾といい、方代がずいぶん農業技術の詳細を身につけていることに驚く。今でも仕舞湯に一晩漬け込むなんて、思いもしなかった。方代の村の歌は、たんなる郷愁ばかりではなく、このような実際に農作業をやったものでなければわからない技術の、具体的なこまやかな手順や知識に裏づけられていた。

「にっこり笑って出を待っている」といった童話のような言い回しにつられて、つい空想的なおはなしのたぐいと聞き流しがちだが（少なくともわたしはそうだったが）、じつはそれほど出鱈目でない。というより、理にかなった根拠のある知識や技術を、簡明単純な〈おはなし〉のようなスタイルに転化する——神話化といったらいいのか、原型化といったらいいのか——そういう発想の仕方があるのだ。現代だったら、統計数字やグラフや表と論理であらわし伝えてゆくようなところを、このような〈おはなし〉に転化することによって、ものの理《ことわり》というものを後の世代に伝えてゆく。諺とか箴言とか、警句とか、そういったものに類する発想法である。

『迦葉』解説で、玉城徹は方代の方法論として（a）虚構と（b）叙事詩的性格をかかげ、後者については『甲陽軍鑑』がいわば「方代のホメロス」であって、「日常の経験、事物を元型化して感ずる基盤になっている。ここから、方代の作品は、全体として一つの叙事詩としてよめる形に、次第に成長してきているのである」と述べていた。この「元型化」による叙事詩的性格と、いまここでわたしの言おうとすることとが重なるのかどうか、よくわからない。同じことのようでもあるが、いくらかずれているかも知れない。

たとえば、方代には「種」の歌がいくつもあるが、たんに歌数が多いというのではない。「種」という語に、かくべつの重みがかかっている。

歳月は還らざりけり瓢箪の口から種を抜き取っていた
眠れない寒い夜なり唐茄子《とうなす》の種を炙って食べてみにけり
てくてくと上野の駅の周辺を粟の種子《たねこ》をさがして歩く
ふわふわと時は流れて去ってゆくこれはたしかに柿の種なり
どうしても思い出せないもどかしさ桃から桃の種が出てくる

種こそは、ものの始め。時間を生み出すもの。「唐茄子《とうなす》の種」や「粟の種子《たねこ》」はそのものを指示する語であり、それ以上の意味は感じられないが、ほかの歌の「種」は、ものの始めとか、過ぎ去ってゆく時間とか、そういったものをあらわす語句とともに使用され、したがって「種」が抽象的な意味をおびる。以前に述べたこともある「穴」や「首」のように、全体として一つの発展する叙事詩的性格をもつ語ほどのアクセントはないが、しかし、たんなる指示語ではないし、レトリックとしての比喩というわけでもない。

連想するのは、オーストラリア先住民族アボリジニ出身の画家エミリー・カーメ・ウングワレーの点描と線描による抽象画である。ウングワレーは生涯を砂漠地帯で過ごして、現代絵画など見たこともなかった。八十歳に近いころ、民族に伝えられてきたボディ・ペインティングの描法をキャンバス上で展開させ、その斬新さで世界を驚かせたという。わたしも、図版で見たに過ぎないが、抽象絵画とはこんなものだったのかと瞠目した。これなら、わかる。

「カーメ」とは、砂漠の主食ヤムイモの種をさす語だという。その「カーメ」と題する点描画は、まるで宇宙の星雲のようにうつくしく、見飽きない。抽象とは、こういうものをいうのだ。線も点も、機械的でなく分析的でない。揺らぎを含んでいる。

ウングワレーは、何を描いているのかと問われて、「すべてのもの、そう、すべてのもの、私のドリーミング、ペンシル・ヤム、トゲトカゲ、草の種、ドリームタイムの子犬、エミュー、エミューが好んで食べる草、緑豆、ヤムイモの種、これが私が描くもの、すべてのもの」と答えたという。いつと知れぬ大昔から砂漠で暮してきた人々の日常の、生命をつなぐために無くてはならぬもの、身近な親しいものばかりだ。

現代絵画を学んだ者が、点《ドット》を種の比喩として抽象画を描いても、ウングワレーのようにはけっして達成できないのではないか。〈何か〉が欠ける。しかし、その〈何か〉が方代にはある。方代の「種」という語の使い方は、ウングワレーがキャンバスに置く一つ一つの点《ドット》のようにわたしには見える。「種」という具体物を、宇宙の星のような点《ドット》へと抽象し、転化してゆくこころの働き。方代の「種」という語に、それと同類の働きを感じるのである。

それからまた、こうして歌を味わっているとき、「農作業」ではなく「農業技術」という語が浮かんでくる。仕舞湯に一晩漬け込んでおくのは「農作業」の一環ではなく、それは「農業技術」である。農業とは、わたしたちがついうっかり思い浮かべるような泥まみれの決まりきった作業ではなく、人間が初めて自然を相手に獲得した技術の集積であることを思い起こさせる。

現代の「技術」は、科学技術という語が典型的にさすように、人間がつくり出すものというところに重点がある。しかし、農業は大自然を相手の「技術」である。人間の思うままにはなってくれない大自然の、その扉をこつこつとたたいて秘密を洩れ聴くような、そんな自然を相手の合理的な対話の精神といったようなものが、ここには感じられるのである。

ほいほいと

ほいほいとほめそやされて生命《いのち》さえほめ殺されし人がありたり

初出は前に同じ。「ほめ殺し」という語は辞書には登録されてないようだ。歌舞伎などの芸能関係で使われてきた語だという。頭角をあらわしてきた若い未熟な才能を誉めあげ、有頂天にさせてみずから墓穴を掘るようにし向ける、陰険ないじめの一種だ。「ほめ殺し」という語が人の口の端にのぼったのは、一九八七年、次期総裁を争っていた竹下登が、暴力団とつながりのある右翼団体日本皇民党から街宣車で執拗に「ほめ殺し」を受けたときのこと。

方代の歌はその三年ほども前のことで、直接には関わりない。発表当時に読んだわたしの記憶によれば、短歌界全般に批評があまくなったことが取り沙汰されていたころで、いやそれはかえって「ほめ殺し」なんですよ、などという弁も散見されるような時代であったと記憶する。街宣車で「ほめ殺し」が出るような社会的土壌がなんとなくただよっていたのだろう。

ほいほいとおだてられて「生命さえほめ殺された人」とは、もちろん御国を守る兵隊さんと言われて戦場へ駆り出された、かつての兵士たち。

歌には、ひそかな憤りがこもる。

酢蛸

欄外の人物として生きて来た　夏は酢蛸を召し上がれ

初出は、「うた」昭和五十九年十月号山崎方代古稀記念特輯「杉苔」二十八首。「欄外の人物」とはすなわち、社会に正式登録されてのまっとうな生活をしてこなかった、はみだしもの。「欄外」の比喩が、言い得て妙。

「欄外の人物として生きて来た」来し方を振り返ってのちの沈黙の空白、そこには言い表せない思いが交錯するであろう。いかに呑気でたのしそうな風来坊の表情をしていようとも、その背後には想像する以上の絶望や嘆きや負い目があったことを、この稿でも何度か見てきた。

自己告白へとおもむこうとする重力のちからが一字分の空白には働くが、それをパァーンと撥ね返すようにでんぐり返りをして振り向き、「夏は酢蛸を召し上がれ」とにっこり。歌の読者に、酢蛸の小皿を差しだして供する。夏の酢蛸は、暑さ負けにもよいし、おいしい。さあさあ、お気遣いなく。

社会や世間に対して暗くわだかまる恨みつらみも無くはなかっただろうに、いっさい止揚してにっこりするのである。

苺

炎天の苺を口に投げ入れて舌の先を少し焦がせり

露地の苺は、五月から六月に熟れる。子どもの頃、食べたことがあるが、赤くても酸っぱかった。葉蔭の土のうえで熟れるので、「舌の先を少し焦が」すような熱はなかったように思う。あの真っ赤な色が「焦がす」という誇張した連想を生んだのだろうか。ほんとうに「炎天」下の苺は熱を帯びるものかどうか——。

方代は、放浪をしていたころ、石垣いちごで有名な久能山あたりで季節労働者として、石積みをしたり、苺の収穫をしたりしたことがあるのではないだろうか。苺は、ハウス栽培もはやくからしていたようだから、五月六月も「炎天」の温度になるだろう。石垣（コンクリート板で代用することが多いという）の暖まった石に触れて苺もぬくもっている——そういうことはありそうだ。

「炎天の苺」という思い切った、太々とした省略の線。無骨な手がほいと一つ摘んで口の中にほうりこむ。「投げ入れて」という動作が、無骨な手を思わせるのだ。けっして淑女の手ではない。ところが第三句で主格が転換、〈苺が〉舌の先を焦がす。「舌の先を少し焦がせり」が、どういうわけか苺のとんがった頭を思い出させる。とんがった真っ赤な頭が、舌先に触れる。

いかにも単純な歌に見えるが、よく見れば、例によって上から下までけっして平板ではなく、じつに複雑に編み込まれている。

柿の壺花

掌に柿の壺花を拾いあげ花のたくみに息のみにけり

柿の花は、小さくて目立たない。ぽとぽととたくさん落ちているのを目にしたことはあるが、花を拾いあげて見たことはなかった。写真で見ると、たしかに壺のような形をしていて、先が四つに割れ、中には唐草模様のような蕊が反りかえっている。

方代も、いつもは見過ごしていたのだろう。今日は、ふと掌に拾いあげて見た。近視の目をすりつけるようにして見たのに違いない。この小さな地味な花にも、神の巧みがこらされている。

「花のたくみ」、これがなかなか出ないのだ。この一語を得て、あとは軽く「息のみにけり」。常套句であるはずなのに、何と脈が伝わってくることか。

冬瓜の種

冬瓜の種を焙っておろおろと泣きたいけれど涙がでない

昭和六十年「うた」一月号「藪柑子」十二首に初出。年譜によると前年十二月、「自宅近くの深沢の診療所で肺ガンと診断される」とある。入稿はいくら遅くとも十二月初旬あたりまでだとすると、この「藪柑子」一連は診断された後の作なのか、前なのか。

根岸侊雄は「昭和五十九年から体の変調を訴え、嫌いな病院へ自ら行くようになった」（「日常録」、前出『山崎方代追悼・研究』）という。自宅近くの診療所に行ったのは自らの意志であろうし、ただちに診断が下されるほどだから相当進んで症状も出ていたのに違いない。容易ならぬ病にかかったことは自覚されただろう。

「おろおろと泣きたいけれど涙がでない」は、一大事を知ったときの反応だ。「おろおろと（うろたえている。）泣きたいけれど涙が出ない」と、常套的に接続する（うろたえている）の省略が、方代流。文法的に言えば「おろおろと」は「泣きたい」に直接かかっている擬態語のような形になるが、そうではなく「おろおろとうろたえる」という常套句の使用とその省略であるところ、ここが方代なのだ。

「冬瓜の種」を焙るのは食用なのか。西瓜の種のように焙って食べることが、方代の田舎ではあったのだろうか。実際に焙ったというより、何かの記憶と結びついて出てきたような語だ。「冬瓜の種を焙って」から下句までいかにもすんなりと続いている。

夢

夢の中に近づく父は無口にて叺《かます》の帽子をかむっている

昭和六十年「文藝春秋」一月号「何処かで」八首に初出。「うた」一月号の「藪柑子」一連中にも、つぎのような夢の父の歌があった。

明け方の夢に出できし父上はめずらしく笑みをうかべていたり

長いあいだ心の中にあたため続けた父が、方代を迎えに近づいてくる。いずれの父の歌にも、そんな予感がこもる。

「夢の中に近づく父」、こちらから近づくのではなく、夢の中の「叺《かます》の帽子」をかむった父が押し黙ったまま、向こうからすうっと近づいてくるような景が、わたしには浮かんでくる。父の面差しは青黒く、不吉である。

「叺《かます》の帽子」は、死装束ではないだろうか。死装束でなければ、服喪の装束か。これまで見たように方代の歌は、でたらめのようでいてじつはちゃんと根拠がある。「叺《かます》の帽子」にも、何かいわれがあるはずだと思う。

この「何処かで」一連は、おそらく診断がくだったのちの作品だろう。なかに〈市役所に出向いて行ってしかたなく手続きをして手帳をもらう〉という歌があり、入院のためには何らかの役所の手続きが必要だったかと思われる。

昭和五十九年十二月、方代は「文藝春秋」に八首を送稿してのち、明けてまもない一月十一日、藤沢市民病院に入院した。ただちに精密検査にかかったのだろう。三月十八日、同病院で肺ガン摘出手術。戸塚の国立横浜病院に放射線治療のため通院し、五月二十五日退院した。

白いちょうちょう

丘の上を白いちょうちょうが何かしら手渡すために越えてゆきたり

昭和六十年「短歌」六月号「人物」二十一首に初出。「巻頭作品二十一首は、大喜びで近所の人に配り歩いた」（前出根岸侊雄）。大手術から生還し得たよろこびも混じっていただろう。（注・不識書院刊『迦葉』では第三句が「何かして」になっている。不識書院刊『山崎方代全歌集』では「何かしら」に訂正。誤植と思われる。）

「白いちょうちょう」の「白」がまぶしい。方代の「白」は、つねに無垢のもの、汚れなきものへのあこがれを帯びる。もんしろちょうのような蝶が、懸命に丘を越えて飛んでゆく。手渡すものは、おそらくはその白さ。あどけない歌だ。

かりそめにこの世を渡りおる吾のまなこに白きかたしろの花
くちなしの白い花なりこんなにも深い白さは見たことがない
おとがいの痣に生えたるかみの毛も太く短く白くなりたり

愛憎のこころと遠くしっとりと月は上りぬ白い耳なり
風は五月の候である　白いダブルの袖でとおしている
くちなしの花が咲いている闇につれない白い鼻なり
ほんとうに泣けば涙が出でてくる雪割草は白い花なり
詩と死＊白い花が咲いている
北条の隠し砦をまっ白く牛殺しの花がおおいかくせり
細長い茎から小さな真白い提灯のような花をさげおり
丘の上を白いちょうちょうが何かしら手渡すために越えてゆきたり
なんとなく泣きたくさえなっていた柊《ひいらぎ》の花は白かりにけり
詩と死・白い辛夷《こぶし》の花が咲きかけている

『迦葉』に出てくる「白」の歌を出現順に掲げた。その時々に「白」の意味は異なっている。「方代は白が大好きであった。白い花を度々歌っている。そして、自分でも白い上着を着た」（「仲間うちの方代でなく」、「短歌」昭和六十年十月号）と、玉城徹は見舞いに行った日を回想しながら述べる。あるいはまた、次のようにも回想する。

方代の歌には、白い花をうたった作が多い。ある対談で、わたしは、あの「白い花」には女性の面影があるのかと方代に尋ねてみた。「やっぱり、お母さんだね。」というのが、彼の答えであった。方代は、自分の母親を通して、白い花のような浄らかな女性のイメージを永遠に追っていたのであった。「永遠に女性なるものわれらを牽きて行かしむ」という「ファウスト」の詩句は、こんな形で、ここに生きているのであった。

（玉城徹「山崎方代のこと、あれこれ」、「有鄰」昭和61年2月10日）

「吾のまなこに白きかたしろの花」「くちなしの白い花なり」「しっとりと月は上りぬ白い耳なり」「闇につれない白い鼻なり」のような、『迦葉』の始めのほうの「白」にはなるほどたしかに女性の面影が揺曳する。「永遠に女性なるもの」という比喩をいかに解釈するかにもよるだろうが、しかし、最後の三首の汚れなき生の「白」のかがやき、ことにも「白いちょうちょう」の歌になると、わたしには女性でさえもないように感じられる。性を分かたれるまえの、小さないとけないもの、無垢なもの。無力だが、決して他への信頼をうしなわないもの。そんなもののたましいが、ひらひら、ひらひら、懸命に飛んで丘を越えていっているように感じられるのだ。

山崎方代

うつし世の闇にむかっておおけなく山崎方代と呼んでみにけり

昭和六十年四月「悠久」二十一号掲載「辛夷の花」八首に初出。「人物」二十一首より早い制作であり、おそらく一月入院前後の歌だろう。病床にある方代にかわって歌集編纂を監修した玉城徹は、『迦葉』をおおむね制作発表順に配列したが、この四月発表の「辛夷の花」と六月発表の「人物」だけは入れ替えた。

大手術に向かう前後に作ったこの「辛夷の花」八首を、『迦葉』掉尾をかざる一連として据えたのは、まことに妥当な判断であった。

「おおけなし」は、分不相応に、身の程をわきまえず、という意味。「うつし世の闇に向かって」というからには、〈われ〉は「うつし世」の外にいる。「おおけなく山崎方代と呼んで」みるのは、名をもつということの重大さを、方代が知っているからだ。「うつし世の闇」のなかに蠢いて生きて、名をもたぬまま生き変わり死に変わりするのが人の世のならいである。いささかの歌を作ってきた自分は「山崎方代」という名をもつことができたであろうか。応える声があるかどうか、呼んでみる。まことに身の程をわきまえないことではあるけれども。

人生を覗いてみると面白い死んでしまえばそれっきりなり

一行の詩形の中の人物は霞を食べて生きている

六月発表の「人物」より。肉体をもっているものにとっては生きている間だけが「面白い」のであり、「死んでしまえばそれっきり」。しかし、そんなこととは関わりなしに、「一行の詩形の中の人物」は霞を食って生き続ける。

手広の富士

めずらしく晴れたる冬の朝《あした》なり手広《てびろ》の富士においとま申す

一月十一日、藤沢市民病院に入院する朝の歌だろう。方代艸庵の戸口を押し開いた。冬の朝空の青さにまっ白い富士が浮かんでいる。ぺこりと頭をさげて長の別れを心に告げた。感謝とともに。

なんという晴れやかな歌であることか。顔いっぱいに笑みをたたえている。

詩と死

詩と死・白い辛夷の花が咲きかけている

「辛夷の花」八首の最後の歌。これが『迦葉』一巻の最後をかざる歌ともなる。

詩と死＊白い花が咲いている
丸出しの甲州弁で申します花は死であり死は花である

『迦葉』には、「詩と死」に関わる歌はほかに右二首があった。ことに一首目と掲出歌は、歌集収録に際して一般にはどちらかを選ぶところだが、両方ともとどめたのは玉城徹の判断による。『迦葉』解説に、同一歌は一方を抹消したが「しかし、きわめて類似した発想ながら、やはり別の歌だという場合は、すべて保存することにした。方代の方法において、この類似歌の存在は大切な意味をもっていると思われる」と書く。

指摘にしたがって、「詩と死＊白い花が咲いている」「詩と死・白い辛夷の花が咲きかけている」、この二つの類似歌にしばらく目をとどめているうちに、ああ、この「白い花が咲いている」は、まだ遠目だったのだと気づく。さて、いよいよその時が近づいて見ると、「白い花」はまさに花を咲かせようとしている辛夷なのであった。木蓮でも、辛夷でも、真っ白い花の咲きかけているときほど浄らかなものはない。

「石」や「穴」「首」のモチーフと同じように、ここでは「詩と死」のモチーフが空想的に展開しているのであった。

「詩と死」という語は、唐木順三著『無常』（筑摩書房、昭和三十九年刊）から得たと、方代自身述べている。『無常』は文芸評論としては異例の売れ行きをしめしたもののようで、手もとにあるものを見ると、初版が出たのち二カ月あまりのうちに六版を重ねている。読売文学賞を受賞したというニュースが新聞に出た。

それがきっかけとなって、高著『無常』に出くわしたわけですが、そのなかに一遍上人のことをかいたところがありました。遊行回国のすがすがしさ、ひとり生れてひとり死にゆく捨棄に徹する一遍を、詩と死を重ねて眺める発見のすばらしさに、心からびっくりしました。
（「南林間を思う」、『唐木順三全集』第十八巻月報、筑摩書房、昭和五十七年）

「かねがね一遍には深い関心を寄せていた」方代は、唐木順三にどうしても会いたくなって、芹・なずなの類を摘み取り、拾い溜めていた銀杏の実を添えて、南林間の家を訪問したという。方代が直観力をもってつかんだこの「詩と死」という簡明な語は、余人にははかり得ないほど、方代の全体を深く揺るがしたようである。

一遍は語る。念仏の機に三つの品がある。上根は妻帯在家をして、それに執着せず往生する。中根は妻子を捨てても衣食住は帯びながらそれに執着しないで往生する。「下根は万事を捨棄して往生す。我等は下根の者なれば、一切を捨てずば、定めて諸事に著して、往生し損ずべきなりと思ふ故に、かくの如く行ずるなり」。

ひとり生れてひとり死す。

家を捨て、世を捨て、学を捨て、衣食住を捨て、捨てる心さえも捨てはてたとき、そこにぽっかりと浮かんでくる花のような詩。

「なにか存在の全体、宇宙にリズムといふべきものがあつて、そのリズムに乗つて行ひ、それに調べを合すといつた」（唐木順三）ような、軽やかな花のような詩がそこにひらくのだった。

Ⅱ　方代が方代になるまで

方代文体と鈴木信太郎訳『ヴィヨン詩鈔』

山崎方代が、鈴木信太郎訳『ヴィヨン詩鈔』を手にしたのは、昭和二十三年、三十四歳のときであった。

年譜（清水あきら作成）によると、同年、尾形亀之介詩集『障子のある家』、高橋新吉詩集にも出会っている。また、岡部桂一郎、竹花忍、笠原伸夫と「工人」を創刊、同年代の歌仲間を得るが、この昭和二十三年こそは、方代が方代たるべく出発した年であった。ことに、鈴木信太郎訳『ヴィヨン詩鈔』は、方代をまず方代にした、つまり方代の本質を最初に解発したものであった。

〝温かくなつかしい放浪歌人「方代さん」〟のイメージが定着してしまった現代、このようにいうと、司祭を殺し窃盗をし縛り首を宣告された十五世紀のフランソワ・ヴィヨンの詩の何が、方代の本質を解発したのか、奇異に思うひともあるかもしれない。

まったく、見たところそのとおりなのだ。抒情的なバラッド〝さはれさはれ　去年《こぞ》の雪　いまは何処《いづこ》〟や、悽愴な気の漂う「ヴィヨン墓碑銘」など、万人の愛する二、三の詩ならともかく、

汚れたるヴィヨンの詩集をふところに夜の浮浪の群に入りゆく
ゆく所までゆかねばならぬ告白は十五世紀のヴィヨンに聞いてくれ
フランソア・ヴィヨンの詩鈔をふところに一ッ木町を追われゆくなり

（『方代』）

と詠むほどの『ヴィヨン詩鈔』への方代の全的な傾倒ぶり、また「阿房陀羅経」「乞食貴族」「恋の使徒」「形見の品」等々、『方代』のみならず、のちの歌集にまで鈴木訳ヴィヨンの詩句が刻印されていることを、どのように思ったらいいのであろうか。

じっさい、ヴィヨンの詩のおおかたは、

一《ひとつ》、サン・マタンには、酒場の招牌《かんばん》
『白馬《しろうま》』に、同じく『牝《めす》の騾馬《らば》』を添へ、
また、ブラリュウには一件《いっけん》の俺の金剛石《ダイヤ》と
尻向きに退《さが》る『縞馬《しまうま》』の招牌を　遺贈いたさう。
（以下略）

フランソワ・ヴィヨン「形見の歌」

のように、不敵な毒舌の雰囲気は察せられても、一読注釈なしでは（時には注釈を読んでさえも）意味もおもしろ味も把握しかねる固有名詞や詩節で連ねられているのである。「遺言詩集」に比べてはるかに短いこの「形見の歌」は（それでも四十節あるのだが）、のちに方代が座談会（「うた」一九八四年十月　山崎方代古稀記念特輯）で、「ヴィヨンの奴もそらで大体言えるように、『形見分け』の奴を全部言えるようになったんだけどね」と語っている。

ヴィヨンの詩の何が、そこまで方代を傾倒させたのか。

一見似つかわしくないからこそ、方代短歌を理解する重要な鍵がかくされているはずだ。岡部桂一郎は、『右左口』後記に、

彼が若いころヴィヨンにとりつかれたのはやはりわが放浪の力杖としたかったのだろう。神よ恩寵を垂れたまえ、という奇妙な声は方代とはしょせん無縁であり……

と述べている。他ならぬ岡部桂一郎こそは『ヴィヨン詩鈔』を方代にすすめた本人なのであるから、多少ならずともヴィヨンの詩に桂一郎もうたれたのであったに違いない。けれども、二十五年後、このように述べる桂一郎にとってヴィヨンの記憶は、戦後一時期にはやった西欧中世な

らず者詩人の〝去年の雪　いまは何処〟や「ヴィヨン墓碑銘」というところにしかなかったのではあるまいか。おそらく、昭和二十三年当時の桂一郎にとっても、方代がこれほどまでにヴィヨンに傾倒する理由を合点しかねるようなところがあったのではないか。

ところで、ヴィヨンと方代とが本質的な関わりを持つと見たのは、玉城徹である。『同時代の歌人たち』（短歌新聞社、昭和五十二年刊）において、玉城徹は、ヴィヨン「手紙の詩」と「ヴィヨンの心と肉体と諍論の歌」を引用しつつ、方代の、

くりかえしつたうる朝の報道の事実といえど信じる勿れ

かつてわれ兵に召されて忠節を励みて二つ星いただけり

以下十一首を並べ、岡部桂一郎の『右左口』後記に反対して、次のように述べる。

方代がヴィヨンに共鳴するのは、この「追放流竄」の運命という悲しみと、その運命に対する反抗としての無頼への志向なのである。「放浪」などでなく「流竄」だというところに方代の文学の核心が存するのである。

彼は解脱をかなたに求めて歩く放浪者ではないのだ。「無用者」と人は呼ぶが、彼は運命の暴力によって、「無用者」にされてしまっただけである。

ヴィヨンの嘆きも、方代のそれもともに永遠に慰められることを知らぬ。それ故にこそ、彼らの嘆きはこの世界に対する重大な告発となり得るものなのだ。

戦争を山津波と同じ「自然」として受容するのであれば、方代の嘆きはないわけである。「忠節を励みて二つ星いただけり」というさりげない言葉の背後にある苦悩に満ちた抗議は、そこでは運命への随順にとってかわられてしまうだろう。

「一番ね、日本の軍隊って奴が、やでね、今でも、軍隊のことを口にするのが、いやだね。で、軍服を着た写真があるんだけども、それ全部燃やしちゃった。」（前出「うた」座談会）と、方代自身のちに語っているが、たとえば「ヴィヨン遺言詩集」の冒頭、

ありとあらゆる屈辱を　この身に浴《あ》びた
時はまさに　わが三十歳の年だつたが、

僧正《そうじやう》チボー・ドオシニイの手に囚《とらは》れて
数々の　拷問《がうもん》　懲役《ちようえき》の　苦しみを
受けたけれども、そのために　阿呆になつた
わけでなく　さりとて利巧にもならず…
十字を切つて街《まち》を練《ね》る　奴めが司教であらうとも、
俺の司教とは　金輪際《こんりんざい》　崇《あが》めるものか。

この「僧正チボー・ドオシニイ」や「司教」を、軍隊や将校、あるいは天皇や国家に読みかえてみるといい。軍隊に七年間とられて戦場を転々とし、九死に一生を得て右眼失明、左眼視力〇・〇一、戦傷者となって帰還した三十二、三歳の方代が、胸の下がるような共感をもったと想像しても無理ではあるまい。戦後の方代がまず強烈にとりついたのは、尾形亀之助でも高橋新吉でもなく、ヴィヨンであった。そのヴィヨンへの入口は、このようなところにあったのだろうか。

しかし、方代の作品では（ヴィヨンの濃厚な『方代』前半の作品においてさえ）、そのような荒くれた怨恨感情や反抗のこころを直接に吐露したものは稀である。ヴィヨンのようには毒づかず、〝あったかさ〟や〝なつかしさ〟のおもてだっていく『右左口』刊行当時の方代の作品のうちに、絶えることのない『追放流竄』の運命という悲しみと、その運命に対する反抗」の声の

こもるのを聴きとった玉城徹は、まことに鋭敏であったといわなければならない。

この「『追放流竄』の運命という悲しみ」は「死」の主題とからまりあって、「反抗」の主題とともに、方代の全歌集を通じて把持され、展開されてゆくのである。

ところで、方代が、ヴィヨンからひき出されたものは、主題ばかりではなかった。

維歳《これとし》　四百五十六、
われは、フランソア・ヴィヨン、学徒也、（「形見の歌」第一節）
上述の日付の時に、かの有名な
ヴィヨンによつて　作成されしこと実正也。（同　第四十節）
哀れなヴィヨンを土牢に　このまま捨てて置く気かえ。（「手紙の詩」）
われはフランソア、残念也、無念也、（「四行詩」）

方代は、ここに見られるような「ヴィヨン」を演出するヴィヨンの方法を、ただちに意識的に、摂取しようとした。

『方代』において、昭和二十四年から二十六年にかけてつくられたという百首のうち、「方代」をよみこんだ歌が七首。尋常な数ではない。ふつうは、自分の名をよみこんだ歌など一首もなくてあたりまえなのであるから、百首中七首というのは、意識せずしてつくれる数ではない。そのうえ、歌集の題名を『方代』とした。

「方代」登場の歌は、最後の歌集『迦葉』にいたるまで数多くあらわれるが、方代はよほど、父親のつけてくれた「死に放題、出放題」に由来する名に愛着をもっていたのだ、などというようなノンキな理由ではあり得ない。

下し扉が下りつつ軋しむ十八時目的のなき方代も急ぐ
青ぐらい野毛横浜の坂道の修羅を下る流転者方代
冬の日が遠く落ちゆく橋の上ひとり方代は瞳《め》をしばだたく
白い靴一つ仕上げて人なみに方代も春を待っているなり
包丁の錆を落としてねてしまうただそれだけの方代と風
天にのびる高き教会の石垣の下にころがる方代と石ころ
東洋にあやに貴き君あればせっせと方代もかなしきを打つ
(『方代』)

「方代」を演出する方法を意図して試みていることが、あきらかに見てとれる。

しかしながら、そのことごとくが失敗しているといっていいだろう。「方代」は、これらの歌のなかで生きて動いて来ず、ぺらぺらの記号にしかすぎない。多くは「われ」と置き換えてさしつかえないほどのものだ。なかでは、尾形亀之助の影響のうかがえる「白い靴」と「包丁の錆」の歌に、のちの「方代」を思わせるものがあるが、この二首とても、「方代」という語は厚みをもってあらわれない。

意図して「方代」を演出する方法を試みたはずだという根拠は、まだある。おおむね昭和三十年につくられたという歌集『方代』後半百首に、「方代」の語の出てくる歌は、

このわれが山崎方代でもあると云うこの感情をまずあばくべし

の一首しかないことだ。そのうえ、この「山崎方代」は前百首中七首の「方代」とはつかい方が異なっている。はじめから、符牒以上の意味をもたせようとは意図していないのである。

すなわち、ここで指摘しておきたいことは、「方代」という名に愛着あったがゆえに、また特殊で親しみやすい呼びやすい名であったがゆえに、自然発生的に「方代さん」が登場したのではないということだ。方代自身にそうとう明確な意識があって、試行錯誤がなされたのであることを、知らなければならない。

さて、わたしははじめに、鈴木信太郎訳『ヴィヨン詩鈔』が方代の本質をまず解発した、とい

った。ヴィヨン、ではなくて、鈴木信太郎訳『ヴィヨン詩鈔』なのである。

というのは、わたしは、鈴木信太郎訳ヴィヨンこそが、

病院にかえらねばならぬ体もて蚕糞の匂う径をゆききす
焼残るたたきを踏みてうち急ぐ生きてゆくべきすべを聞かんと　（『首』）

のような文語体の歌をつくっていた方代に口語脈や口語を大胆にとりいれるスタイルを発明工夫させる、きっかけとも動力ともなったのではないか、と推測するからである。もちろん、『方代』後期に濃厚にあらわれる高橋新吉を見逃すことはできないが、まずは鈴木訳ヴィヨンがとっかかりであったのではあるまいか。

四十節もの注釈つきでなければ理解しがたい「形見の歌」をそらんずるまでに読みこむ欲求を感ずるのも、これほどまでに共鳴するヴィヨンが、口語に文語のまじった、五七調にもとづく翻訳であるからなのだ。

たとえば、次のものは天沢退二郎の私訳で、先に引用した「遺言詩集」の冒頭である。

おれがちょうど二十歳になった歳、

およそあらゆる恥辱の煮え湯飲み下したが
まったくの馬鹿にもまったくの悧巧にもならぬ、
あまたの苦難にもかかわらずさ。
それもこれもいっさい合財
あのチボー・シドニーの差し金……
たとえ彼奴が街に辻に十字切る司教様でも
おれの司教にするのはまっぴらだよ

鈴木訳と、くらべてみてほしい。もし、このようなヴィヨンを読んでいたら、方代はヴィヨンと出会っただろうか。「形見の歌」を全部そらんじる欲求を感じただろうか。

つまり、わたしが言いたいことは、方代は、鈴木訳ヴィヨンの主題に共鳴すると同時に、その方法に無関心ではいなかった、ということだ。

このことは、高橋新吉詩集に対しても同様にいえるのであって、方代は、主題と方法がわかちがたいものであることを、おのずから察知していたようである。主題は主題としてあり、方法は主題にきせる着物のような、そんな考え方を方代はとらなかった。

要するに、まるごと、なのだが、単なるまるごとなのではなく、そのなかから、「ヴィヨン」

を演出する方法と、文語まじりの口語訳、この二つを選び出したのであった。

歌に即して見てみよう。

宿なしの吾の眼玉に落ちてきてどきりと赤い一ひらの落葉

（『方代』）

「眼前に」ではなく、「眼玉に落ちてきて」。この客観描写的でない誇張した措辞が、「どきりと」を生動させている。さらに、「赤い一ひらの落葉」は「眼玉」から流れる一すじの血でもあるかのように、かすかな痛ましさがよぎる。

「形見の歌」第三十節に、

往来の屋台の下に　臥《ね》る宿無《やどな》しには、
眼玉の上に　拳骨《げんこつ》を　お見舞申す
面《つら》を顰《しか》めて　につこりと　震へてゐるぞ、

という詩句があって、あきらかに鈴木訳ヴィヨンを摂取して生まれたものだが、もちろん、摂取は、このような直接的な詩句の移入にはとどまらない。

この歌の「赤い」を、「赤し」または「赤き」という文語にかえたらどうなるか。「どきりと」という口語的副詞が、一首の中で不調和になって目立つが、それを見ないとしても、歌の価値は一挙にさがる。「赤し」では気が抜けてよそよそしく、「赤き」ではぎくしゃくする。

それほどに、この一首の価値は、「どきりと赤い」という口語体にかかっているのである。文語を口語にいいかえたというような付け焼刃のものではなく、一首のなかで口語にぬきさしならない必然性が与えられているのだ。

どのようにして、そういうことができたか。

それは、「宿なしのわれ」の設定に成功したからである。「宿なしのわれ」は、この歌のなかでぺらぺらの記号ではない。「宿なしのわれ」はまことに痛々しく、なにかに背もたれて、道端にぼうぜんと坐っている。

「方代」を歌に登場させる方法は、この当時の方代にはうまくいかなかったけれども、「宿なしのわれ」を演出することはできたのである。ここまでは来ていたのだ。

すなわち、方代が鈴木訳ヴィヨンから摂取したものは、「宿なしのわれ」であるからには口語でなければならない、ということだ。「われ」をそのような位置に据えるからには、つまり、世界に対して「われ」をそのように関係づけるからには、どうしても口語を採用する必要があったのだ。典雅な、優雅な、あるいはいかめしい、あるいは格調高い文語脈文語体では、「『追放流竄』の運命という悲しみと、その運命に対する反抗としての無頼への志向」をもつ主体を、世界に対して関係づけることはできない。

方代の口語は、「現代の歌は現代のことばである口語で書くべきだ」などという単純な発想のものとも、子供が三十一文字つらねたような自然発生的なものとも、異なっていた。また、ある主題（言いたいこと）がここにあって、それを歌のかたちに、いまだ発明されていない口語に適したテクニックを使用して表現することに成功すれば、新しい短歌が出現するのではないかというような、そういう発想とも遠いところに方代はいた。

だからこそ、方代の口語はそらぞらしいものにも軽口にもならず、一過性で終ることもなかったのである。

以下、方代が、鈴木訳ヴィヨンを摂取しつつ行った、さまざまな工夫のあとを幾つか見ておこう。

わからなくなれば夜霧に垂れさがる黒きのれんを分けて出でゆく
薄にぶき暈をかむれる月の下奪え奪えとそそのかす声

二首とも、口語脈の文語体。何が「わからなくなれば」なのか、何を「奪え奪え」なのか、主語や目的語を大胆に省略することによって、散文化をまぬがれている。

大阪の佐伯に逢いぬもう吾のゆく所はない死んでしまおう
祖師堂の藪の中からモモンガーアが出てくると云ういまでもこわし

口語と文語の混合体。一首目は、四句までが文語体、第五句が口語体だが、第三句に「もう」という口語をはさむことによって、バランスを保っている。二首目は、「こわし」だけが文語体だが、「こわい」と口語で統一したとき気の抜ける感じになるのを、「し」によって引き緊めている。

かたばみの葉をぬらす雨よ娘はひくく奪っていいのよ奪っていいのよ

女性会話語のとり入れ。

東京にみれんはないが真黒いかの地下道の口は呼んでる
東洋にあやに貴き君あればせっせと方代もかなしきを打つ

道ばたに焚火があればまたぐらをあぶりて又歩き出す

「みれんはないが」「呼んでる」「せっせと」「またぐら」など平俗語のとり入れ。

石のモチーフ

初めて甲府盆地の農地のなかに入っていったとき、「畑のなかに石が撒いてある！」と仰天した。トラックで運びこんだほどの砂利が露出しているのである。わたしの郷里も、果樹栽培ではかなり名のあるところだが、こんな栽培方法は見たことがない。自動車のなかから畑地の砂利を見下ろしつつ、やがて、こういう地質なのだと気がついた。こんな地質では、米どころか満足な野菜だって出来はすまい。いまでこそ、水はけの良い土地に適した果樹栽培で栄えているけれども、その昔の貧しさが思い遣られた。そして、山崎方代の石の歌を思い出した。

方代には「石」という語を使用した歌は、『方代』に十四首、『左右口』に十七首（うち一首は重複）、『こおろぎ』に八首、『迦葉』に十三首ある。これらの、印象的にもけっして少ないとはいえない石の歌をたどっていくとき、つねに方代のなかで石というモチーフが生成発展しつつあったこと、そしてそれが方代という作品世界の構造にかっちりと組み込まれていることに気づく。

ふかぶかと雪をかむれば石すらもあたたかき声をあげんとぞする　『方代』

方代歌集中、初めて出てくる石の歌。おそらく高橋新吉詩集『霧島』の「不思議」という詩のなかの一つ、「雪は暖いものである。／石を抱いて眠れば／雪は海に消え去つた。／雪と石とは同じものである。」に触発されたものと思われる。（ついでにいえば「茶碗の中に梅干の種が二つある」という詩句も、新吉の同詩の中にある。）歌集『方代』の後記によれば、昭和二十四年から二十六年までの間に作られたものであるようだが、ここで初めて方代の体験のなかの石が、歌のモチーフとして現れる角度を得たといえよう。

占いの紙を上からおさえいる一つ一つの石生きている
手の内にあたたまりたる石ころは風雨にたえて来たる石なり
夕ばえに赤くのびたる石くれをあやぶくぞわが跨がんとする　『方代』

これらの歌は、『方代』後記によると、昭和二十九年から三十年にかけて作られたという。この間に方代は石の歌を十一首作っている。その石は、「石臼の石」「石道」が各一首あるだけで、あとは全部用途のない石ころの歌であった。

歌集『方代』時代の方代は、用途のない石にむかって、石のようなものですらも暖かい声を上げようとするとうたい、石くれだってきちんと影をもっており、それをうっかり自分は跨ごうとしたとうたう。用途のない石でも、この世に存在するものであり、尊厳があるとうたう。あるいは、「一つ一つの石生きている」――「生きている」という呪文を発することによって、無生物である石を歌のなかで生きたものにする。

穴底の水におされて浮きあがる柩に石をのせておさめし 『左右口』
日本の胡桃は堅し石の上に石もて叩きつぶして食べる 『左右口』

『左右口』は、昭和四十八年刊。この『左右口』になると、「きぬた石」「石臼」「石橋の石」「靴ぬぎの石」、また掲出歌のようにそこらへんに転がっている用途のない石ころではあるけれども使いようによって役に立つ、用途ある石の歌が多くなる。さらには、このような生活実用に役立つ石ばかりでなく、「笛吹の石に仏の面を刻りたり」「石の仏に石をのせ」「墓石」といった、人々の生活に象徴的用途をもった石が初めて現れる。

世に出でてすでに久しい石臼をまわして豆の粒をひきゆく 『左右口』

さらには、川原かどこかに転がっていた用途のない石が「石臼」に加工され、人々の生活に組み入れられる存在となることを「世に出る」という。石を「世に出」して役立つものとするのは、そのような知恵を生活のなかに蓄えてきた民の力である。どこの誰というような特定の人の力ではなく、無名の民の力が用途のない石を、人の世にちゃんと位置を占めておおいに役だってくれる石として、「世に出」してくれるのだ。

いつまでも握っていると石ころも身内のように暖まりたり　『左右口』

歌集『方代』では「手の内にあたたまりたる石ころは風雨にたえて来たる石なり」とうたったが、ここでは「石ころも身内のように暖まる」とうたう。『方代』では、石ころは用途のない、いわば無頼の石ころだったが、『左右口』ではそんな石ころでさえも「身内」の表情を帯びはじめる。

手のひらをかるく握ってこつこつと石の心をたしかめにけり　『こおろぎ』

『こおろぎ』は、昭和五十五年刊。「石の心をたしかめにけり」——石に心があるかどうかたしかめるというのだろうか。あるいは、どんな心かたしかめるというのだろうか。いずれにせよ、ここで石ころはついに生をもった。「生きている」という呪文を投げかけなくともよい。当然生きているものとしてその心を問うのである。

不二が笑っている石が笑っている笛吹川がつぶやいている
しののめの下界に降りてゆくりなく石の笑いを耳にはさみぬ　『迦葉』

『こおろぎ』で心をたしかめられた石は、こうして、ついに笑いはじめた。『迦葉』は方代没年の年、昭和六十年の刊行だが、この歌集には、石の歌に限らず、哄笑ともいうべき笑いを放った歌がいくつもある。

沈黙をつづけて来たる石ゆえに石の笑いはとどまらぬなり

しかし、じつは、石や茶碗が笑いはじめるのは『こおろぎ』の時代からであった。『こおろぎ』には、「寂しくてひとり笑えば卓ぶ台の上の茶碗が笑い出したり」というような歌もあって、右の歌の制作期はおそらく昭和五十三年頃、『こおろぎ』収録作品制作期のものではないだろうか。（この歌は、エッセイ集『青じその花』に引用されているが、歌集には見えない。）

この『こおろぎ』の時期の石の笑いと『迦葉』における石の笑いとを比較して見れば、質の異なったものであることに気づく。

前者においては、石は「沈黙をつづけてきた」という理由あったうえでの笑いであり、「石の笑い」を「とどまらぬなり」と作者みずから物語ることによって、石を笑うものとして差し出す。だが、『迦葉』にあっては、すでにもう石は石で勝手に笑っている。何の理由もなく――。不二は不二で、石は石で、勝手に笑っている。だから、あるときには、「しののめの下界に降りてゆくりなく」石の笑いを耳にはさむこともある。ここではすでに、今までのように主人公方代が石の物語を物語るのではなく、大きな物語空間の創出が果たされているのであった。

ところで、方代の作品世界の構造において、〈石〉は〈穴〉と相補的な関係にあるのではないだろうか。

ようやくに鍵穴に鍵をさし入れるこの暗がりのうらがなしさよ　『左右口』
はっきりと頭の中で音がしてそしてずんずん落ちていく　『こおろぎ』
暗がりの井戸の底より覗きおり呼んでる人の唇紅し　『迦葉』

穴にも、石と同じようにモチーフの生成発展があり、いわば〈穴〉物語ともいえる展開がある。穴は、石よりも一層物語的であって、始めと終わりがある。方代の作品世界にあっては、〈穴〉のモチーフは個のたどる時間をひらき、〈石〉のモチーフはおよそ永遠に続くかのような現実空間世界、そこで生き変わり死に変わりする民の生活ある実在空間の世界をひらいているかのようだ。

左右口神社は小さい石の祠にて馬の手綱をかけし石なり　『迦葉』

エッセイ集『青じその花』で、方代はしばしば父親に触れるが、その中に「石をこよなく愛したが、神は信じなかった」という一節がある。石をこよなく愛したという言葉のあとに、神を信じなかったと文をつづけることは、そうありふれたことではない。石の面に仏を彫ったり、石ころを本尊様と崇めたりするけれども、それは神を信じていることではない、というのであろうか。「馬の手綱をかけし石」とは、民にとって役立つ石である。「石の祠」は、馬の手綱をかけるに手頃な石として、日々、実用に使われている。民と「石の祠」との関係は、そういう手触りのある親しみある関係であって、石を偶像化することとは違うのである。

まったく石ころばかりの畑である。土は見えない。梃子でも動かない大きな石がごろごろと頭を並べていてその石の間に桑を植えるのであるが、石も父にかかれば畑の肥であるらしい。

（『青じその花』）

いまでも甲府盆地の畑では、一日うずくまって石ころ拾いをするのが老人仕事であって、そういう姿を見かけるそうである。この頃では畑にブルドーザーが入って砂利をすくいに来るというほどの石ころだらけの畑の石を、絶望も逃避もせず、畑の肥とさえ思ってへばりついて、一つ一つ拾いつづけて倦まない農のこころは、たとえばわたしの生れたところのような西国の土壌の生む農のこころとは、大いに異なったものであることを知る。

女言葉

交はりの線をはづして批評するかなしき垢を心につけて　　昭二十三年四月
郷愁と言はばはかなし微かにし一分間程度の冬虹のいろ　　昭二十三年六月
かなしきの上に泪を落す時もわたくしの感情にはおぼれておらず　　昭二十三年十一月
寂しいが吾れにひとりの姉がある飯盒の水を指にてはかる　　昭二十三年十二月

方代が、方法意識をはっきりと持っていた作者だ、というのは本当のようである。初期作品では、ほとんど一、二年ごとに脱皮を繰り返すさまが見てとれるが、とりわけ戦争前後の長い空白をはさんで、昭和二十三年から二十四年にかけての、所属でいえば「一路」（引用歌前二首）から「工人」（後二首）にかけての脱皮は、ドラマチックでさえある。

〈わたくしの感情にはおぼれておらず〉というような、〈わたくしの感情〉否定のフレーズがこののち何度も現れる。「かなし」「さびし」という主観語を使っても、引用歌前二首と後二首とでは使い方が違う。別の世界へと舵取りをしている。このあたりの創作過程のドラマを見ていると、まさに血沸き肉躍る思いがする。

方代が戦傷者として帰ってきたのは神のむごい恩寵だった。どのみち方代はまともな勤め人にはなれなかっただろう。勤め人などというものには、元来のアナログ的身体をデジタル式に訓練調教し上げなくしては、なりおおせるものでない。方代の身体が、デジタル式の調教に反発をするのは〈右左口村の土〉からできているためだ。

方代の身体が〈右左口村の土〉からできているということは、別の言い方をすれば、ジェンダーとしての〈女〉(すなわち中心から周縁化された存在)と距離が近いということである。

欄外の人物として生きて来た　夏は酢蛸を召し上がれ　『迦葉』

方代さんはこの頃電気を引きましてはちっとも見かけませんわよ　同

方代の世界には、石のモチーフや首のモチーフ、穴のモチーフなど、典型化されたモチーフがあって、それが全体として〈叙事詩〉のように展開していく。そういう〈叙事詩〉的な世界の形成と、文体の変化は、同時に進行したといっていい。この誰にもわかりやすくて気安い〈叙事詩〉的世界の文体、そこにいかにもしっくりなじんでいる女言葉を、わたしは言いたいのである。

方代以外の誰に、女言葉をこんなに生かし得た男の歌人があっただろうか。

方代文体と高橋新吉

山崎方代没後、一周忌の夏、『山崎方代追悼・研究』（不識書院）が刊行された。一九八六年のことである。わたしもこれに鈴木信太郎訳『ヴィヨン詩鈔』をとりあげながら、第一歌集『方代』を対象とした作家論を寄せたが、その末尾はこの種の文章としては破格の、終わったような終わらないような、フェイドアウトになっている。

方代が方代となっていく過程はどのようなものであったのか、という課題を自らに課して書いた文章だったが、あれではまだ半分で、『方代』後半に色濃い高橋新吉や尾形亀之助との響き合いにも触れなければならない。そのうち書くつもりで、そう思い続けてすでに十六年。

この間に種々の方代論も現れた。この後にも現れるだろう。もう必要ないかもしれない。それでも、何か自分の始末がついてないようで、心が残る。そこで、このたびは、高橋新吉の言葉との響き合いを中心に少し考えて見ようと思う。

全歌集年譜では、一九四八年の項に「この頃、詩人近藤東から尾形亀之助の詩集『障子のある家』を譲り受け、読む」「『新吉詩集』を耽読」とある。

高橋新吉が、『高橋新吉の詩集』を出すのは、一九五〇年。『高橋新吉詩集』を創元選書から出すのは、一九五二年。この年、「工人」が終刊。方代の歌は、前年八月号を最後に、一九五四年六月まで全歌集「資料」篇には見えない。

歌の無い時期、方代は、この二冊の新吉の詩を読みこんでいたのだろうか。『方代』二百首中後半百首は、一九五四年から五五年夏にかけて作ったもののようだが、ここには高橋新吉の痕跡を随所に見ることができる。

おもいきり転んでみたいというような遂のねがいが叶えられたり
高橋新吉先生の御説によれば神様も法則にして木の葉のごとし

『迦葉』に収められた、死の数カ月前の作品である。尾形亀之助とともに、高橋新吉が現れている。方代のような歌人は、たんなる気まぐれや思いつきや偶然で、他の影響を受けるなどということはあり得ない。鈴木信太郎訳ヴィヨンと尾形亀之助と高橋新吉、そして『甲陽軍鑑』は、方代の歌を形成していくために、ぜひとも必要な栄養素だった。その痕跡は、生涯にわたって見られる。方代は、それらを徹底的に吸わぶった。

そこで、問うのである。『方代』刊行直前の方代は、とりわけ高橋新吉の詩が、なぜ必要だったのか。ばくぜんとした疑問を心に置いて、全歌集資料篇をはじめから読んでいった。

わたしは、この資料篇を読むのがじつに好きである。二十歳そこそこの短歌にのぼせた貧しい青年が、畑仕事もろくにしないで日がな歌会に出て行ったっきり、親の目を盗んでは金をくすねて会費に使い、昼も夜ものどが灼きつくように短歌のことを思っている。その希求の激しさに、おのずから新しい出会いの扉がひらき、青年はむさぼるようにそれを飲みほす。

そこには、ほとばしるように歌うこころが、時に語のつながりの変な、時に文法まちがいの、歌の上に流れ出ている。

父と母しかといだきて永久に土をたがやす吾が運命なり
草ぶきの家屋の破れに露おりてたまたま燦めく星の明かりに
十三人生まれしはらから十二人死してのこるは吾一人なり

それぞれ、昭和十年九月、昭和十一年一月、同十一月の、山崎一輪時代の歌。すでに、父も母も目が不自由になっていた。歌は、父も母も盲《めし》いの貧しい家の一人子であることに、美しい昔話のような、自らをその主人公のようにも思いなし、そこに切実なる興趣を覚えて、うたいあげている。
その叙事的な仕立てが、わざとらしさや自己陶酔の嫌みを伴わないのは、歌うこころにひたすらに言葉を乗せているからである。兄弟が十三人生まれて十二人死んだなんて、思わずわたしは年譜をめくり返してしまった。この嘘っぱちも、歌うこころが、その勢いに乗って、ちょうど筆が紙をはみ出してしまうように、はみ出したのである。有名な、ほんとの嘘、の機微は、ここにある。この歌うこころこそは、終生、方代の根っこだった。

あれは地球の壊れる音ではないか。
茶碗の中に梅干の種が二つある。

＊

ほしいままに地上に充ちているものもすでにおかされていると思う
茶碗の底に梅干の種二つ並びおるああこれが愛と云うものだ

前者は、高橋新吉詩集『霧島』の「不思議」という詩の「一」である。二行の間は、一行分あけてある。後者は、歌集『方代』から。隣同士に並んだ歌である。

わが父は
日まはりのかげに
たたずみて
猫とたはむれゐたまひしに、
秋風の吹き初めしころ
冷きむくろになりたまひて
手には乾きたる一握りの土を持ちて
ゐたまひたり。

＊

死に給う母の手の内よりこぼれしは三粒の麦の赤い種子よ

前者は、詩集『新吉詩抄』の「わが父」。後者は、『方代』。

父上よ　わたしが生きて居りますことはあなたのおかげであります。何うか此のやうな見苦しい朽葉のやうな言葉を書きつらねて　多くの人の目に触れるやうな事をするのをとがめないで下さい。冷えた茶を啜り終るやうに私もやがて残生を急ぎ足で終らうと思つて居ります。

＊

がぶがぶと冷えたるお茶を呑み終る如くせわしく終らんとする

前者は、詩集『雨雲』の「残生」。後者は、『方代』。

　高橋新吉の詩といえば、一九五〇年刊『高橋新吉の詩集』に収められた「日が照つてゐた／／今から五億年前に」（「日」）、「留守と言へ／ここには誰れも居らぬと言へ／五億年経つたら帰つて来る」（「るす」）というような詩が有名だ。のちに飯島耕一が「詩人の笑いとはこのようなものである」といいつつ、発表当時には「ちょっと禅坊主臭」く感じられたという（「形而上的詩人・高橋新吉」）これらの詩を、方代はむさぼるように読んだのであったろう。

　これ以上新吉の詩をいちいち引く事はさし控えるが、「皿の上にトマトが三つ盛られおるその前におれがいる驚きよ」「机の上にひろげられたる五本の指よ瞳に見えるものみな過去である」など、『方代』後半の存在・死・時間・空間をうたう歌は、新吉の詩に響き合うようにして生まれている。

　五億年も一瞬も同じ、存在の現前も消失も同じ、とするこのような超時間的な思考法は、『方代』前半百首で、ヴィヨンに刺激されつつ「方代」という語を歌に詠みこみ「方代」誕生をさせたのちの歌の叙事化の方向に、ある種の矯正を加えたといっていいだろう。後半百首では、「方代」という語を歌いこんだ歌は、一首のみ。次のようなものであった。

このわれが山崎方代でもあると云うこの感情をまずあばくべし

「方代」から、方代を完全に引き剝がすために、このような否定の一段階が必要だった。そういえないだろうか。叙事化すると歌がだめになることは、わたしたちのさんざんな試行錯誤による経験から明らかである。方代は、そこを乗り越えるために、超時間的な思考法、物の見方を必要とした。つまり、歴史ではなく、神話へと向かうために。

また、新吉の、禅語的な短箇な直観的な詩語も、引用に見るように、詩の一部を歌に仕立て直すような形をとりつつ、大胆な口語取り入れの呼吸を作り出していくのに役立っただろう。

しかし、高橋新吉の詩と山崎方代の歌と、遠望するとき、明らかな違いが見える。新吉の詩はあくまでも散文詩、禅などの教養もときに露出し、大上段から切って捨てるようなところがある。方代の歌はもともと、歌うこころの所産である。禅臭などはきっちりと避けた。その思い切った口語も、歌うこころによってこそ、すみずみまで血が通うのであった。

方代の修羅（講演記録）

方代さんが亡くなった後に、『山崎方代追悼・研究』（一九八六年刊）が不識書院から出ました。その中でわたしはヴィヨンと方代について書いたんですが、このたび何を話そうかと思ったときに、やはりこのヴィヨンということが頭に残っていまして、方代の「無頼」ということ、あるいは「修羅」ということについて話してみたい、考えてみたいと思いました。

方代さんは、没後二十年もたつにもかかわらず、たくさんの方がこうやって集まる、そういう右左口村の「民衆」歌人、温かい、ふるさとを思わせるような歌人として知られているんですけれども、それと「無頼」とどこで結びつくのだろうか。確かに、定職にも就かないような暮らしをしてきたということはあります。とくに敗戦後の大変な時代に、「無頼」な日々を過ごしたということはあると思うんですけれども、しかし、ふるさとの歌人、温かい方代さんというのと、「無頼」の歌人というのと、どうもわたしの中でうまく結びつかないんですよね。

「無頼」とヴィヨンという組み合わせはとても似つかわしいのですが、「無頼」と方代はちょっと齟齬がある。よくわからないという思いが残っていました。

レジュメに、「方代の歌におけるヴィヨンの意味」と書きましたけれども、わたしが追悼集の評論で指摘したのは、次の三つです。

一つは、ヴィヨンの「『追放流竄』の運命という悲しみ」における共感。これは玉城さんが、あるところで、「戦争を山津波と同じ『自然』として受容するのであれば方代の嘆きはないのである」「戦争は『二つの星』とひきかえに、方代に永遠の『流竄』を宣告した」、そうお書きになっていらっしゃいます。戦傷者にされ、まともな人生を歩めなくなった方代、戦争によって人生を追放流竄された方代。そういう方代が、ヴィヨンの追放流竄に共鳴したのだろう、ということは考えられます。

もう一つは、ヴィヨンの詩を読むことで、方代は、歌の中に〈方代さん〉という人物を演出登場させるようになった、そのヒントになった。たんに名前が気に入っていたことによる自然発生的なものではないということ。

それからまた、方代の読んだヴィヨンは、文語に口語の入り混じった五七調の鈴木信太郎訳であったということ。

こう整理をしてみたのですが、それにしてもやはり、わたしの頭の中にはどうしても納得できないものがずっと残っていたみたいなんです。それで、今日はその「無頼」ということをもう一度考えてみたいと。

レジュメのⅡのところに書きましたけれども、右左口村方代おぼえがきという自筆のものがあります。そこにもヴィヨンの詩、ことに形見分けの詩が、歌の出会いになったと書いてあります。そらでいえるくらいになったというんですが、なぜあれほど吸わぶりつくすと言うくらいにヴィヨンの歌を読んだのか。読めたのか。フランスの、中世の、ずいぶん長い詩でしょう。暗記したくなるほど面白いとは、すくなくともわたしには思えません。そこまで読みこなせない。方代にはなぜそれができたのか。戦後の方代には、なぜそれほどヴィヨンの形見分けの詩が胸に響いたのか。今回、三つほど理由を考えてみました。

一つは、方代の身体ということですね。方代が生まれたときに、方代の親父さんは六十五歳、逆算すると一八四九年か一八五〇年くらいの生まれになります。一八五〇年と言いますと、ペリーが来航したのが一八五三年なんですね。まだ江戸の時代。そこに書いていますように、フランスやドイツは二月革命があったり共産党宣言の出た年なんですけれども、明治になるのはそれからおよそ二十年もたってからなんです。ですから、父親の龍吉はほとんど江戸時代の人。江戸幕末期の山梨の寒村の農民であったということなんですね。

お母さんは二十くらい年が違っていて、それでも、一八七〇（明治三）年。お父さんの一八五〇年生まれというのは、正岡子規なんかよりもうんと年上なんですね。子規は、明治元年の前の年、慶応三年生まれです。伊藤左千夫がそれより何歳か年上。斎藤茂吉とか、そのほか近代の有名歌人、みんなあれは明治の十年から二十年ぐらいまでの生まれであって、この親父さんのほうがうんと年上なんです。明治国家形成後の新体制下、新しい環境に生まれて物心がついた人と、この親父さんのように二十歳ぐらいまでを江戸時代で過ごしたというのでは、相当に大きな違いがあるはずです。

レジュメには、「明治近代国家による、身体の国民化近代化」と書きましたけれども、明治になってから軍隊と学校、それから工場というものができました。明治に徴兵制が始まりますけれども、明治五年でしたか、その徴兵制度で国民皆兵になるわけなんです。最初のころは、長男は免除されるということもあったようですが、原則として国民皆兵。そこで徴兵して訓練するときに、武士と農民とでは身体の使い方が全然違っていたらしい。

江戸時代の庶民、ことに農民は走れなかったそうですね。普通の人は走らなかった。走る武士や飛脚というのは、子供のころから練習していて、特殊技能らしいんです。手と足をこう、わたしたちは左足を出すときには右手を前に振ります。そのような歩き方ができなかった。右足を出すときには右手、左足を出すときには左足を出して、ナンバ歩きというそうですが、だいたいそういうふうにして歩いた。つまり、軍隊の行進ができなかった。いくら訓練しても、行進ができない。回れ右もできなければ匍匐前進もできない。とにかくあらゆる兵隊らしい動きができなかったらしいです。それで、フランスかどこかから先生を雇って教え込んだらしいんですけれども、どうしても駄目だったと。それで、これは子供のときから教えなければいけないというので、小学校で体育の時間ができたらしいですね。

小学校で、行進とか回れ右とか、そういう西洋式の身体の使い方を教えこんだ。西洋式の身体の使い方というのは、中心点があって支点があって、そして身体を捻って使うらしいです。日本式の身体の使い方には、そういう支点というようなものがない。これは武術家がそんなふうに言っていますね。全く身体の使い方が違っていた。

ですから、二十歳まで江戸時代で過ごした方代の親父さんは走れなかったのではないかと思うんです。走れない親父さんに、子供の方代が、毎日の生活のなかでいろいろなことを教えてもらう。うさぎの糞が何かの薬になるとか、さまざまな生活の知恵を教えてもらうわけなんですけれども、そのなかで無意識のうちに親父さんの江戸時代の身体作法といったようなものも身にしみ込んでいったはずです。もちろん小学校に行っていますし、体育の時間もあるわけですから、方代が走れなかったとはまさか思いませんけれども、家庭で身につけた身体作法と学校の体育で教えてもらうことには若干のギャップがあっただろう。寒村の小学校だから、そんなにやかましいことはなかったかも知れませんが、軍隊式の身体の使い方には必ずしも器用ではなかったのではないか。

それともう一つ、学校、軍隊、工場は、抽象的な時間による身体の管理がなされる場所です。工場労働者は、毎日、朝九時に仕事が始まって、昼になったら鐘が鳴って、一時間休んでというぐあいに、抽象的な時計の時間で、分秒単位で管理されます。ところが、農民というのは、いつ種を植えるか、いつ肥料をやるか、いつ稲を刈るか、決めるのに、祖から伝えられて来た経験に基づきながら、具体的にその年の稲の育ちぐあいとか、その年の天候とか、総合的に見ながら決めていくわけですね。抽象的な時計の時間で決めるわけにはいきません。

農民の身体に入っている時間感覚と、工場労働者のそれとはまったく違います。だから、産業革命後の資本主義社会では、抽象的な時間による身体管理を子供のときから学校で訓練して、有用な工場労働者を作り出していかなければなりません。

ところが、方代はこれも駄目だった。戦前、古河電線かなんかに勤めたけれども、すぐに辞めた。五分くらい遅刻するものだから、出社しないでどこかで遊んで、時間になったら帰ったという話も残っていますけれども、そういうふうなサラリーマン、工場労働者になることが、方代にはなかなかできなかったわけですね。それはやはり、江戸時代の身体作法をもった農民である父親龍吉に育てられた方代の身体といったようなものがあったからではないか。とことん、こういう近代的なものに馴染まない身体がまずそこにあった。軍隊生活が馴染まなかったというのも、一つにはこの問題があるだろう。

方代のみならず、そのころはまだ、田舎の農民にはそういう人が何人もいたと思うんです。詩人の井上俊夫さんに『初めて人を殺す』という本があります。これは岩波現代文庫に入っています。井上さんもやはり農民出身で小学校卒の学歴ですが、詩や文学が好きで、独学で勉強していた。昭和十八年に二等兵で入隊していますが、中国大陸で初年兵教育を受けたときのことを書いているのが、この『初めて人を殺す』という本です。

同じ仲間に、馬場二等兵がいた。これはグループのなかで一番とろい人です。小学校を出てから百姓一筋でやってきた人で、井上二等兵と同じ農民出身だから親近感を感じているらしく、手紙が来たといっては読んでくれ、手紙を書いてくれと、頼まれる。馬場二等兵の家は、お父さんが早くに亡くなって、お母さんと妹の三人暮らし。母親は文盲で、妹が手紙を書いてくるのですが、「お母ちゃんと二人で、兄ちゃんが無事で帰ってくるのを首を長くして待っています」と、そんなことばかり書いてある。これでは具合が悪い。御国のために頑張ってくださいと、一言付け加えてないと、お前のところは一体どんな銃後の生活をしておるのかと注意されるそうなんです。馬場二等兵は馬場二等兵で、「おかんの顔を見たい」「田圃がどないになってるか気にかかって仕様がない」と、そんなことばっかりを手紙に書いてくれと頼む。それでは困るわけですね。検閲が必ず入るわけだから、天皇陛下のためにわたしは一生懸命頑張りますと、最後に付け加えないといけない。

また、字が読めないものだから、一回読んでやった手紙を何回も読んでくれ読んでくれとやってくるわけです。仕方なく読んでやると、時と場所もわきまえずに大粒の涙を流して泣く。そんなのを見られた日にはビンタです。読んでやった方も、読んでもらった方も両方ビンタですよ。あぶなくてしようがない。

それに動作がとろくさくて、へまばかりする。軍隊式に身体が動かない。夜中に非常呼集がかかると、闇の中で自分の服装を整えなければいけないんですが、馬場二等兵は間違って人のものを着たりするから、となりの兵隊は困るわけですよ。結局列に並ぶのが最後になってしまって、またビンタを張られるわけですね。この馬場二等兵が、一番リンチを受けていたそうなんです。

ある晩、夜中に非常呼集がかかった。営庭に並ばされて、行進していくと、炊事当番かなんかしていた中国人の捕虜が日本の兵隊服を着せられて、木に縛りつけられていた。リュウという名前だったのですが、それを今から、初年兵教育の仕上げとして銃剣で突けというわけです。刺突訓練というんでしょうか。中国大陸では組織的にこのような初年兵教育の仕上げが行われていたらしいです。

だいたい捕虜をそんなふうに扱っては絶対にいけないわけで、国際法の違反です。けれども、日本の軍隊は、中国大陸では捕虜をとらないと決めていた。つまり、殺す、処分するということ。同じ処分するなら有効利用をと、各部隊に下げ渡して、初年兵教育の仕上げの刺突訓練に使った。

将校教育の仕上げには、下士官が一人ずつ日本刀で斬首したそうです。それが、組織的に行われていた。

で、一列に並んだ初年兵に、さあ誰が一番に突くかと、隊長が言うわけです。当然みんな尻込みをします。最初に来た者からやらせてはどうでしょうと教育係が言うと、隊長が「いや、一番最後に来たやつにやらせろ」と言う。最後に来たのは、馬場二等兵なんですね。リュウは「私、殺す、いけない。私、殺す、いけない」と叫び、馬場二等兵は「嫌だ、絶対に嫌だ、それだけは堪忍しておくなはれ」と梃子でも動こうとしない。誰か最初に行くやつはいないのか、幹部候補のやつはどうした、そう言われて、幹部候補生を目指している者は点数を稼ぎたいので、渋々ですが、行くんですね。わあっと言って、突進して、太股かなんかを突き刺すわけなんです。そうやって一人一人木に縛りつけられている捕虜を突いてゆき、井上二等兵も突きます。ところが、馬場二等兵は最後まで頑強に抵抗して動こうとしない。これでは教育係としては面目がたたないので、どうやらこうやら手をそえて、息絶えた捕虜をかたちばかり突かせたということです。

こういう話を、じつはこの夏、ある大学の集中講義で話しましたところ、そこに中国からの留学生がいました。中国人は、この初年兵教育に捕虜を使ったということを誰でも知ってるそうです。ところが、わたしたちはほとんど知らなかった。少なくともわたしは、この本で初めて知りました。いま、『蟻の兵隊』という映画が来ているそうですが、そのなかでも初年兵教育の仕上げに捕虜を使ったことが一つのテーマになっているようです。（後注・捕虜だけでなく、スパイの嫌疑をかけられた村人や女学生も犠牲になったという）。

確かに戦争なのだから、人を殺すということはあるわけなんですけれども、訓練の仕上げに、無抵抗の捕虜をこのように殺して、それで度胸をつけさせる。つまり、一線を踏み越えさせるわけです。それが手始めで、病みつきになって、快感にもなる、やめられなくなる。日頃、リンチを受けている兵隊は、中国人の民家を襲って、窃盗し、強奪し、強姦する、そういうことが快感になるということがあるらしいです。

方代がいたのはチモールですから、状況はまったく同じとは言えません。しかし、将校としてチモールにいた前田透の文章を、田澤拓也さんが引用していましたが、上陸すると、あたりはひっそりとしていて、荷物を担ぐ原住民のほかには住民の影一つなかったと書いてあるんですね。ええっと思うんですね。原住民は、そうすると住民ではないのかと。そういう意識をもった日本軍がいるわけです。方代が、実際に戦地では病院にいる時間が長かったとしても、少なくとも四年間のうち半分は南方の戦場にいたわけですから、何があったかわからない。どんなことも起り得たと考えたほうがあたっているのではないか。

「追放流竄」というのは、方代が戦傷者にされてしまったからではなくて、むしろ自分が加害者だったからではないか、加害者の思いがあったのではないか、あったはずだ、と、『初めて人を殺す』のようなものを読みまして、わたしは思うようになりました。

方代は、この馬場二等兵ほどとろかったとは思いませんけれども、もう少し要領良くやっただろうと思うんですけれども、似たような身体感覚をもった方代が、実際に人を殺すという加害者の立場で過ごした戦争の後、非日常から日常の世界にもどってきたとき、その記憶にどれくらい耐えられるんだろうか、と思うんです。馬場二等兵は、最後に嫌々突いたのですが、誰よりも耐えられない思い出になっているはずだと、容易に推測がつきます。井上二等兵も、その最初の殺人が忘れられなくて、誰にも妻子にも言えないできた。（後注・ドキュメンタリー映画『蟻の兵隊』の主人公もそうだった）。

そういう目で、方代の歌を見てみました。戦争中の歌はありませんが、戦争から帰ってきてから歌が出てきます。

甲板の結べる霧ににぶき重き額をおしあてなどして支へたり　「一路」昭和二十三年一月号

食い飽きしナナスカラバを尚食いて郷愁の言の雨をふらしき　同三月号

ゴム林をゆりし自決の一弾の短き重き音のまぼろし　右同

こういう戦争で苦労した歌、いわば被害者としての歌が出てくるんですけれども、昭和二十三年四月号の、これは何だろうと思うんですね。

死にたれば額の際のなびきたる赤き生毛にふれてもみたり
身震ひをし乍ら急ぐ手の中に温められしはライターのみなり

四月号には、この後に〈幼児の頭をなでて戦の終りたる日を聞くはせつなし〉〈交はりの線をはづして批評するかなしき垢を心につけて〉がありますが、右の二首はどうしても続けて読みたくなります。死んだので、額際のなびいている赤い生毛に触れても見た。身震いをしながら急ぐ手の中に、ぎゅっと握って温められていたのはライターのみだった、という。「死にたれば」というのは、何なのだろうと思うんです。様々な状況が考えられますけれども、一つの可能性としては、殺すつもりではなかったけれども殺してしまったというふうな場面とも考えられる。

それから、「赤い生毛に」という、この赤い生毛って何だろうと思うんですよ。赤毛の人かな。日本人じゃない感じだなと思うし、謎の歌ですよね。よくわからない歌です。このような歌があるということですね。これ以外に、方代の歌に自分が殺人をしたと読めるような歌は見つからない。そういう目で見れば、これが一番そう見える歌。正規の戦闘とは別の出来事のように見える歌です。

ヴィヨンは司祭を殺して、窃盗もして、そういう犯罪者ですが、方代も俺も人殺しだと。部隊の一人として戦闘中には当然誰かを傷つけている可能性が高いわけですが、それは兵士としての義務であり、「正義」です。しかし、先ほどの初年兵教育の話のように、戦場では殺す必要のない殺人がしばしば行われている。戦闘が終わったあと、民間人の家に押し入って強奪したり、強姦したり、そんな話は日常茶飯でした。とくにチモールでは輸送ルートが絶たれて、食糧がなくて飢えたようですから、何があってもおかしくない。そんななかに方代もいて、右のような謎めいた歌がある。

そういうふうに考えてみたら、ヴィヨンが人殺し、窃盗犯でありながら、偉大な、何世紀も後に名が残る詩人であり得た、というのは、方代にとっては、大きな救いだったかもしれないんです。

方代には、やはり自分は人殺しだと、あるいは犯罪者だというような思いが……まあ、だいたいの人は戦争中のことは戦争中のこととして、割り切って、黙って過ごして、善良な市民として戦後を生きていったのでしょうけれども、腹の中ではそれは絶対に消えない記憶として残ります。

香川進という歌人がいますけれども、この人は将校でしたが、『氷原』という歌集に歌が残っています。生きて帰れると知っていたらやらなかったことがたくさんあると。やはり、同じような状況だろうと思うんですね。

自分は人殺しだ、犯罪者だ、まともな道を踏み外した人間だ、こうなっちまったからにはもっと悪くなってやる、そんなふうに思っても仕方がない。思うほうが、戦中から戦後への切り替えを器用にやるより、自分自身のなかに齟齬が起きない。自分は、戦争なんかに引っ張られて人非人にされちまった、人非人になっちまったからには、この道を行くところまで突き進まなければしようがないんだと。そのとき、たった一つの杖は歌である。歌が救いとなっている人生ですね。そういう生き方を教えてくれたのが、ヴィヨンだったかと思うんですね。

ヴィヨンの詩集を手に入れたのは昭和二十四年一月のようですので、それを読んで、歌を作って誌上に出てくるのは、二月か三月くらいになります。とくに、昭和二十四年三月くらいになりますと、もう歌の勢いが違ってきます。はっきり自分の位置は犯罪者、ならず者のほうですね。

汚れたるヴィヨンの詩集をふところに夜の浮浪の群に入りゆく

「汚れたるヴィヨンの詩集をふところに」、すなわちヴィヨン詩集を杖とし、歌一筋に、歌だけをふところにして、「夜の浮浪の群」つまり市民の生活ではなくて、市民外、欄外の生活、まっとうな人生ではない、これこそは無頼といっていいわけなんですが、そういう生活を積極的に選んで入っていくのだという勢いが、この歌には感じられます。

これは、自分は戦傷者で、まともな仕事ができない、仕事を見つけることができないので、やむなく浮浪者の群に入っていかざるを得なかったという、そういう消極的なものではなくて、積極的に自分は浮浪者の群に入っていくのだと、そういう勢いのようなものが、レジュメにあげた昭和二十四年三月あたりの歌からは、はっきりと見てとれると思います。

ゆく所までゆかねばならぬ告白は十五世紀のヴィヨンに聞いてくれ

「工人」昭和二十四年四月

人非人になってしまったからには、人非人の道を最後まで貫くよりほかしようがない。歌を手に握りしめながら。「ゆく所までゆかねばならぬ告白」は、歌一筋という以上に、人非人の道を貫くと読んではじめて「ヴィヨン」が生きてくる。

十月三十日のあけのわさびの強い香よ人間に近い泪をながす

「工人」昭和二十四年十一月

「わさびの強い香よ」というのは、あのわさびを食べると鼻がつーんとして涙がぽっと出る、あの感じですね。「人間に近い泪をながす」、自分は人間ではないんですね。一人の「修羅」なわけです。

このように、もともと軍隊というようなところにはまことに馴染みの悪い身体をもった方代が、戦争にむりやり引っ張られて戦傷後遺症を負ったのみならず、人非人にされちまった。まともな人間の道を踏み外した者であるという記憶をもち、その身体の中の記憶を器用に割り切ることができない戦争帰りの男。軍隊に馴染みのわるかった身体だからこそ、いっそうそうである。そういう身体が、戦中戦後を齟齬なくおのれを貫くことのできる生き方、それを方代はヴィヨン詩集に教えてもらったといっていいのではないでしょうか。

さらにもう一つ、ヴィヨンの詩から獲得したものは「復讐と贈与」ということだと思います。復讐の表出の仕方といいましょうか、復讐、怒り、「何で俺をこんな人殺しにしちまったんだ」という怒りですね、その表出をしていいんだということ。軍隊に馴染みのわるかった身体、その身体の底から嫌だった軍隊生活のなかで、リンチを加えた上官や、さまざまな許せない出来事があったことでしょう。それらに対する復讐の心の真っ直ぐな表出、それがこの昭和二十四年のヴィヨン読後からはっきりと出てきています。

広中淳子という名は、方代が慕情を捧げた相手としてよく出てくるんですけれども、今回、高村寿一さんがその著書で広中淳子の歌を掲載してくださっているのを見て、はっとしました。広中淳子という名から想像するような美しいおとめの歌ではないではないか、と思ったんですね。

まったく、復讐と哀願、呪詛の歌ですね。騙した男を許せない、その哀願と呪詛をうたっている歌です。

君が娶る春の夜にして七度の七十倍までの寛き心なく
里遠き深夜の窓に哀願と呪詛をいだきて歩みよりたり
復讐は身にかえりくることと知りながら思い描きぬ硝子窓透きて

歌は拙い、歌を始めたばかりかなというような感じの歌ですけれども、これは裏切った男を許すことができない、復讐してやる、呪ってやる、そういう歌なんですよね。思い切った復讐の表出をしています。これを見たときに、方代がなぜあんなにまで広中淳子を慕って、というか、会いたいと、会いに行こうとまで思ったのか、わかったような気がしました。まさしく同じ魂をもっている、「あなたの心は俺にしかわからないよ」といったような思いだったんだろうな、この暗い怒りをわかってあげられるのは俺しかおらんと、そういうふうに思ったんだろうなと思うんですね。

同じような気持を、ヴィヨンが「形見の歌」で書いています。とびとびに部分的に引用しますと、

恋愛の獄舎《ひとや》の羈絆《きづな》を　断ち切らうと
思ふ気持が　強く浮かんだ。

女に対する復讐を　恋愛の
あらゆる神に　祈願して、
恋の痛手《いたで》を和《やは》げる　祈りを献げた。

五体はこのまま生きながら、女を思うて俺は死ぬ。
所詮、この身は　恋愛の聖者の中に
名を残す　殉教者《じゅんけうしゃ》　恋の使徒。

一《ひとつ》、さきに語つた　わが恋人に、
あまり邪険《じゃけん》に　棄てられて
……（略）……
俺は　自分の心臓を　手筥《てばこ》に入れて女に贈る

（鈴木信太郎訳）

この「形見の歌」は、窃盗してずらかるというときに書き始めるわけなんですけれども、その出だしに、今まで邪険に扱われてどのようにしても振り向いてくれなかった女に、思いを断ち切るちょうどよい潮にするというんですね。「五体はこのまま生きながら、女を思うて俺は死ぬ。所詮この身は恋愛の聖者の中に名を残す殉教者恋の使徒」、そう言って、関わりのあった一人一人に、こういう形見をおまえに残そうとあげていく。それで「形見の歌」なんです。

この女には、「あまり邪険に棄てられて……俺は自分の心臓を手筥に入れて女に贈る」と言っています。好きで好きでたまらなくて、哀願するのに、邪険に「あんたなんか死んでしまえばいい」と言われて、とうとう自分は断ち切るんだと。そのあなたに愛憎こもごもまじった復讐として「心臓」を贈る。

どうも、わたしが思うには、方代には広中淳子以前に、何かそのようなことがあったんじゃないかと思うんですよね。想像ですけど。たとえば、

自首に立つドンホセにあらず墓山を降りて夜の海に近づく　「工人」昭和二十四年三月

可愛さあまって憎き心の行動を押えんと白夜の駅に下りたつ　「工人」昭和二十四年五月

ドン・ホセというのはカルメンの恋人で、カルメンがどうしても「うん」と言ってくれないものだから、殺すんですね。その殺したドン・ホセのように自首しに行くんじゃないんだ、逃げる、ということなんですね。それから、昭和二十四年七月には、

　そむきたる汝には絹の臂の重みにたえる紐を送らん

　自分に背いたおまえには、自分で首を吊るための絹の紐を送ってやろうというんですね。これは、「形見の歌」の中にヒントがあるんですけれども。しかし、ヴィヨンを読んで、その熱に浮かされてこんな文学的虚構をしたというより、多分、方代には、広中淳子以前にこういう、好きで好きでたまらなかったのに邪険にされた経験があるのではないのかなと思うんです。

　広中淳子も、男に騙されて、哀願と呪詛に身のやるせない、追いつめられた者。同じ魂を発見した思いで、あんなに執着したのではないかなと思うんです。これは推測にすぎませんね。証明はできないわけなんですけれども。

　もう一つ、方代がヴィヨンの「形見の歌」から得たもの。方代は、この詩をそらで言えるようになったよというんですね。なぜ、それほど「形見の歌」が好きだったか。長いんですよ。もの

すごく長い詩です。八行が四十節ある詩なんですが、これはそこに「復讐と贈与」と項目を立てましたけれども、「復讐とは、贈与の一形態である」ということを、方代は「形見の歌」から読み取ったんだなと、わたしはこの年になって「形見の歌」を読み直して、ようやく理解ができました。

　復讐するということは、贈り物をプレゼントすることと同じなんですね。御礼参りと言いますけれども、確かに御礼参りなんですね。しかし、御礼参りっていうのにはやはり、力には力でという感じがありますけれども、そうではなくて、プレゼント。そのプレゼントの仕方がヴィヨンはたいへん面白いわけなんです。わたしを可愛がってくれたお父さんには天幕（後注・天幕や陣幕を贈るのは自己を騎士として自負して残すのだという）をあげましょう、恋人には自分の心臓をやろう、そんなふうに関わった人にプレゼントの品々をあげるんですが、それがみんな空手形なんです。自分がもってないものばかり。おそらくこの当時の人が、この「形見の歌」を聞いたらワッハッハと言って腹を抱えて笑っただろうと思われるんですね。

　非常に皮肉のきいたものなんです。相手を嘲弄したり、皮肉があって、しかもそのなかに愛情もこもっていて、形見の品々をつぎつぎにあげていくことで意趣返しにもなるというものです。

　たとえば、屠牛夫《うしごろし》のジャン・トルーヴェには『羊』の看板に『牝牛』看板を添えてやると。こんな看板が中世の街路には目印としてあったようです。『牝牛』の看板には、「強力無双の百姓が背中に背負ってる」絵が描いてある。それを遺贈するというんです。もちろん、自分のものではありません。「若し、百姓が渡さない時は、手綱で首を絞め　絞め殺しても　苦しうない」。絵に描いた牛を渡せるわけも、殺せるわけもない。

わたしは、この四十節もある「形見の歌」のおもしろさを、注釈があったってよくは読みこなせないのですが、それを方代はちゃんと受け取っているわけです。そうでないと、全部そらで言えるくらいに読めません。いったい、方代は、学者でもないのに、どうしてそこまで「形見の歌」を読みこなせたのか。

それは、この「形見の歌」に通底している精神、復讐するとは贈り物をあげるということなんだということ、それを直観的に読みとったからにほかなりません。たとえば、つぎの歌は随分あとからのものではありますが、

　　山椒の刺を生かせし擂粉木を仕上げて形見の品に加える

擂粉木なんかも「形見の歌」に出てくるんですが、こちらは山椒の刺を生かした擂粉木ですから、とげとげがあるんですね。とげとげのついた擂粉木ですよ。これをプレゼントするんですね。握ったらちくちくと痛いですよね。こういうふうな贈り方、まさしくこれがヴィヨンの贈り方な

んです。
ヴィヨン読後の昭和二十四年三月にもつぎのような歌があります。

おから寿司水と一緒にのみおろし売られゆく娘にマフラを投げる

有名な歌ですが、これもおそらくマフラーなんか自分は持っていやしないのに、マフラーを投げると言うわけなんです。プレゼントですね。同じ月の歌ですが、

父知らぬ子を産みおろす若き娘に生の卵を一つ置きて去る

じつはそんなことしやしないのに、しかしまあ、そう言うわけですね。これもやはり自分の形見、プレゼントだと思うんです。必ずしもここには復讐は入っていませんけれども、そういう憐れみがプレゼントとして表現される。そして、自分を邪険にした者には「そむきたる汝には絹の臀の……」となるわけですね。

このような、復讐とは贈与の一形態だということ、このような復讐の仕方を、方代はヴィヨンから学びました。復讐というと、ふつう「憎悪」、憎しみを相手に返すんですが、恋の恨みのみ

ならず、戦争なんかに引っ張り込んで俺を人殺しにしちまいやがってという、その恨み、呪詛や怒りをあらわすのに、贈与の形であらわしていく、そういう表し方を、ヴィヨンから方代は受け取ったんですね。

ヴィヨン読後、方代はそれをただちに理解した。呪詛や怒りでいっぱいになっていた方代は、それで救われたのです。そして、この贈与によってする復讐が、長い時間をかけて、方代の晩年にはまさしく贈与そのものになっていくわけなんですね。怒りが昇華されていくわけなんです。

欄外の人物として生きて来た　夏は酢蛸を召し上がれ

欄外の人物ですから、自分はまっとうな市民ではない、外側にはじき出された人間として生きてきた。当然、その恨みもあれば怒りもあるわけなんですが、それをすべてひっくり返すかのように「夏は酢蛸を召し上がれ」と贈与するんですね。「召し上がれ」という言い回しも、じつはヴィヨンの「形見の歌」のなかにあるんですが、これもプレゼント、贈与です。

このような、怒り、復讐、そういったようなものを機知によって哄笑とともに相手に返していく。憎しみ、憎悪ではなくて、笑いとともに快活に相手に返していく、そして最後には笑いだけになるという、この形。方代は、最後にはそこまでもっていったんだなというようなことが、わたしには今回わかった、感じ取れたわけなんです。

このような方代の傍証のような意味で、レジュメに、首の歌をすこしあげておきました。

ギロチンはまずギロチンに生きながら己れの首をはねはぶかしむ　　昭和三十年一月

がむしゃらにゆかねばならぬがっしりとこの男には首がないのだ　　昭和四十二年十月

昭和三十年、もう徹底的に悪くなってやるという形で逃亡していって、「己れの首をはねはぶかしむ」。これは過去を振り向かない、きょろきょろして迷うような首を切らせたという意味もあると思いますが、一つの自己処刑、自己処罰ということも考えられます。昭和四十二年になりますと、首のない男が登場してくる。昭和四十四年には、首のない男が何首も出てきます。ところが、昭和四十八年四月になりますと、首が出てくるんですね。

ずっしりと両肩に首をめりこまし季節の赤い花買っていた

季節の赤い花を買うというのは、何か恋人にあげる花のような感じですが、昭和四十八年は『右左口』が出た年です。昭和五十年ではまだ「首のない博徒がひとり住んでいて」とうたうんです

けれども、昭和五十三年三月になると

　両肩に首をがっしりとうめ込みし男が山を降りて来にけり

首ががっしりとついて、振り向かなくてもいいような、振り向きもしないようにがっしりと首を埋め込まれた男が山を降りていくんですね。このような、犯罪者としてギロチンで首を刎ねられるべき男の生涯にわたる叙事詩といったことも、見てとれます。

今回、もういちど方代におけるヴィヨンの意味を考えてみまして、戦争被害者としての方代ではなく、加害者としての方代という視点から見て、方代の修羅、方代の無頼といったことがいくらかは合点がいったというふうな思いをしております。

そして、復讐とは贈与の一形態であるということ。ヴィヨンから学んだ復讐の表出の仕方は、笑いとともにプレゼントすることであった。血を血で洗い、憎悪を憎悪で洗う戦争から帰った方代がこれを摑んだことの現代的意味はまことに大きいと思われます。

どうも今日はありがとうございました。

（平成十八年九月二日（土）第二十回方代忌　基調講演）

方代のヴィヨン

「右左口村方代おぼえがき」という略歴めいた書付がある。酔っぱらってしたためたような誤字脱字の多い十項目の箇条書きだが、第五項に『ヴィヨン詩鈔』が登場する。

五、二十一年南方より帰る
東京牛込を城にして放浪
新宿の紀野（伊）国屋にて　鈴木信太郎訳の
ランンフアー（フランソワ）ヴィヨン詩鈔を買う
歌の出合（会）になる
四〇節よりなるヴィヨン形見の歌
線か（が）太くて大刀の詩であつた
そのうらに生きる事のすだ（さ）まし（じ）さを知る

書き出しは　一番
維歳四百五十六
吾はフランソアー（ワ）ヴィヨン学従｜（徒）也
二番
頃しも季は　今まさらに　ノエルにあたり　満目蕭條｜（条）　狼は　風を啖つて飢えを凌ぎ
　それが戦後の二十二年三年　強い者だけが腹をみたした
そして
小説　詩　短歌　俳句
四行詩に
万葉の声調を入れて
新しい詩を作ろうと進発

（「右左口村方代おぼえがき」『山崎方代・追悼研究』不識書院、一九八六）

自ら振り返るように、鈴木信太郎訳『ヴィヨン詩鈔』との出会いこそは、「方代の歌」を出立させたものである。

第一は、歌に「方代」を創出したこと。

パリ大学で学位を得た「学徒」であるにも関わらず、喧嘩のあげく司祭を殺して逃亡、放浪しつつ無頼者仲間と窃盗を重ね、ついに絞首刑を宣告された「泥棒貴族」ヴィヨンにならって、方代もまた東洋の「ヴィヨン」たらんとして出立した。

〈修羅を下る流転者方代〉であり、〈追放流竄の歌〉を作り、〈極道邪悪の瞳〉を輝かせる「方代」である。「方代」を笑いとともに拍手喝采してくれるのは、

歌をよむ吾をたたえてはばからぬ幾千万の浜風太郎《ブウタロウ》

「別冊工人」昭和二十五年九月号

であった。最底辺の民衆「風太郎《ブウタロウ》」の間にあって、彼らのために「方代」は創出されたといっていい。

敗戦直後のすさんだ空気の影響ばかりではない。方代の戦争体験がヴィヨンによって揺すぶられ、共鳴した。終生方代にひそむ暗い怒りは、軍隊内で痛めつけられ、戦傷者にされた被害者としての側面とともに、六年間を戦場に過ごして必ずや無用の殺人もした（させられた）であろう侵略者加害者としての側面も合わせなければ理解できまい。人殺しにさせられ、片目を奪われ、まともな人間としてのありようから「追放流竄」されてしまった身を、「流転者方代」創出によって方代は引き受けることができた。

「形見の歌」は、冷酷な女をなじり、恋の殉教者・恋の使徒として「五体はこのまま生きながら、女を思うて俺は死ぬ」べく、形見分けをするという詩である。現代には注釈あっても解しがたい四〇節もある詩を、方代は全部そらで言えるようになったという。

一つには、身を搾るような似た体験があって響いたのかもしれない。恋の殉教者・恋の使徒は、のちのちまで方代お気に入りの語であった。またもう一つ、鈴木信太郎訳出によるヴィヨンの詩句の韻律と、罵詈雑言をふくむ気取らぬ俗語とが、こころを捉えたものと思われる。これらの詩句の採り入れは、方代の歌に西欧の香を添えつつ、俗語調の文体を導くのにあずかって力があっただろう。

しかし、もっとも深かったのは、世のすべてを呪詛し復讐やみがたい思いの、その返し方を悟ったことではないだろうか。ヴィヨンは復讐を哄笑とともに返すべく、ありもしない形見の品々を数えあげたのであった。復讐も贈与の一形態である。

山椒の刺を生かせし擂粉木を仕上げて形見の品に加える　『迦葉』

最後の歌集『迦葉』。ヴィヨンはすでに方代の一部であった。

春風のようになるまで――歌集『右左口』とその時代

寒い寒い夜の車道を二つ越え片眼の犬が去ってゆく　「復刊工人」二号　昭和三十五年一月

ふるさとの右左口村を思ふときは常に杏が熟れていた　「短歌」昭和三十五年八月

無芸無能にしてこの一筋につながると忠右衛門はかくのらしたり　「泥」六号　昭和三十五年十月

二十世紀にチャップリンがある鮭の卵の如く尊し　「泥」六号　昭和三十五年十月

へりすこしこわれておれどこの壺は一茎の花もこばみつづける　「泥」八号　昭和三十七年四月

見て御覧なさいおおばこ草さえ天地をもっている　「泥」九号　昭和三十八年六月

かりそめのあやぶき泥の壺なれど壺の姿勢は常に正しい　「泥」九号　昭和三十八年六月

方代は、掲出歌をふくむ昭和三十年代の歌を、昭和四十九年刊行の第二歌集『左右口』からほとんど省いている。第一歌集『方代』刊行後十年間の歌はほぼ棄却しているのである。見渡したところ、掲出歌だけ見てもわかるように、方代文体ともいえるようなスタイルはすでにできあがっている。どの歌にも、方代語彙、方代語法が刻み込まれており、あえて捨てる必要はなかったのではないかとさえ思われるほどだ。

しかし、いざ眼を近寄せていけば、「方代さん」と親しまれる、あの人の好い相貌とはまったく別の、なみなみならぬ明確な作家意識・批評意識が、その取捨選択から立ちあらわれてくる。まず一つには、口語脈自由律に近い文体はややもすると間延びし、散文化していく弊があるが、それを回避する省略法を、この二十年の間に獲得している。

柿の木だけに日がうっすらと当たりいてああ女は遠方にある
(昭和四十四年刊合同歌集『現代』所収、『右左口』未収)

裏の柚子の木に日が当っている　低くつぶやくこともなかりき
(昭和四十九年刊『右左口』所収)

裏の柿の木に日が当たりいて　女は遠方にある
(短冊墨書)

短冊は、わたしの所有しているもので、昭和五十二、三年頃、何かの賞品として頂いた。歌集には収められてないようだ。

合同歌集『現代』の「陽のあるうちに飯をすませて」百五十首からは、三十八首が捨てられている。その捨てられた一つが「柿の木」の歌だが、右のように並べれば、何が否定されたか、一目瞭然であろう。「だけに」「うっすらと」「ああ」の省略。

この省略が、どれほどの作歌力の飛躍を要するか。形容詞、詠嘆、感情語の否定などと、安易にくくってしまってはならないのである。ちっぽけな己れにもたれかかった感傷的情緒、またそこから生ずる理屈（「だけに」）をすっぱりと切り離し、大きな作品世界へ歌を放ちやる、そのための省略。

このように削除し、省略し得てこそ、歌は豊かな拡がりのある世界をもつ。ちっぽけな私＝作者から切り離されて、大きな作品の海に出る。

そのような目で見てゆけば、たとえば、掲出歌〈ふるさとの右左口村を思ふときは常に杏が熟れていた〉のような歌も、なぜ落されたのかという理由は、すぐにわかる。「ときは」「常に」が、ちっぽけな私を離れきらない理屈なのだ。これが、歌の間延びのもとになっている。

さらにもう一つ、気のつくことがある。次のような二首。

寒い寒い夜の車道を二つ越え片眼の犬が去ってゆく

（昭和三十五年一月「復刊工人」一号）

更けてゆく鉄路を二つ踏み越えて一匹の犬が去ってゆく　（同年八月「短歌」）

「片眼の犬」は、方代自身にほかならない。昭和三十五年に方代は四十六歳、年譜によると、年に一度十首前後の歌の注文があるかないかというほどの時期である。しかも、生活の資を稼ぐあてはなかった。「四十の声をきくと、少しは私もあわてて、右ひだりを駈け廻り、涙ぐましいまで仕事をあさって歩いたものだ」（合同歌集『現代』あとがき）とある時期である。方代らしい口調で、「いいあんばいに私にできる仕事は今日の地球のどこの片隅にも永遠に見あたらぬ筈である」と続けるが、現実には少しも「いいあんばい」では無かったことは、「寒い寒い夜の車道を二つ越え」の歌に流れている痛覚が語っている。これは、戦傷者で片眼の不自由な方代がまともに働けず、他人の冷酷にさらされたあとの、その痛覚である。

昭和三十年代の歌を見渡すと、このどうしようもない痛覚が、かすかに暗く切なく、歌の背後に流れている。

このような個人感情の表白の歌は、これはこれで一つの行き方であろう。生活詠ともいわれるこのような行き方は、むしろ当時の歌壇では一般的なものであった。

しかし、方代はすでに、〈かなしきの上に泪を落す時もわたくしの感情にはおぼれておらず〉〈このわれが山崎方代でもあると云うこの感情をまずあばくべし〉（『方代』）ともうたい、おのれの歌の方向に、個人感情の表白をはっきりと否定していた。これは、当時の歌壇に行われている歌に対する方代の批判・批評でもあった。が、いま現実の冷酷をまえに、堪えきれずに、私の感情を洩らす。

もちろん、反省はたちまちやって来て、掲出二首目のように、感傷をぬぐい、痛覚の残滓をぬぐい去ろうと試みるが、そうすると、いかにも歌が鈍くよそよそしくなる。

詩というものは「春風のように楽しいものであらねばならぬ。決して、苦しいものであってはならぬのだ」（合同歌集『現代』あとがき）という言葉は、このような時期をかいくぐって生まれて来たものであった。

〈古典〉としての「右左口村」と『甲陽軍鑑』

一九四七(昭和二十二)年、「短歌研究」六月号では全ページを新歌人集団に提供委嘱、近藤芳美「新しき短歌の規定」や杉浦明平「歌壇人を掃除せよ」などを掲載して、歌壇の世代交代はまたたくまに進んだ。

封建制打破、民主化、近代化が叫ばれた時代である。青年たちの荒々しい息吹はおさえがたく、当時三十四歳の方代が所属する山下陸奥主宰「一路」の青年たちもまた例外ではなかった。

復員後の方代は、毎号のように「一路」に出詠しているが、一九四八年五月、二十周年記念大会に出席してのち、六月末に離脱。十月には、「一路」を退会した岡部桂一郎、山形義雄、長倉智恵雄、竹花忍らとともに、歌誌「工人」の創刊に加わった。

歌集『方代』二百首の前半は、「工人」に発表された歌で占められる。方代は、「工人」において「方代」たるべく、スタートをきった。

ゆくところ迄ゆく覚悟あり夜おそくけものの皮にしめりをくるる

「木釘」「工人」昭和二十三年十月号

「ゆくところ迄ゆく覚悟」をもって、以後、方代は一貫して現代仮名遣い・口語まじりの文体を採る。

現代仮名遣いと当用漢字が、内閣告示として制定されたのは昭和二十一年十一月十六日。日本国憲法公布から十三日目のことであった。この時期、現代仮名遣いは「民主化された文字遣い」として、方代に輝いてみえたのだろう。それは、旧習に対する反逆であり、身を切り離し解放されようとする「根切り」の衝動であった。

いまから思えば、その解放感は錯誤であったかもしれない。福田恆存著『わたしの國語教室』によると、現代仮名遣いの雛型は、一九二四（大正十三）年文部省が提出した仮名遣い改定案だったが、当時、多くの見識ある学者・文学者によって批判され、ついに日の目を見なかったものであるという。それを、敗戦直後、国語審議会のメンバーを大幅に入れ替えて、成立させたのである。

明治以来の表音主義による「現代仮名遣い」の考え方がいかに誤ったものであるか、『私の國語教室』一冊は、完膚無きまでに論じとおしている。大衆の「底邊」まで読み書きできるように、という俗耳に入りやすい考え方がいかに「頂點」にいる者の思い上がりによるものか、福田は口を極めて論じた。

上からの政策としての学校教育や、新聞雑誌での現代仮名遣い・当用漢字採用による普及とともに、やがて歌壇においても「未来」（一九五一年創刊）をはじめ、少なからぬ結社が現代仮名遣いを採用してゆくことになった。

そういうなかで、「工人」における方代は、いち早く現代仮名遣いを採用している。なにしろ、同年刊行の鈴木信太郎訳「ヴィヨン詩鈔」も、まだ歴史的仮名遣いだったのだ。

今日は今日の悔を残して眠るべし眠れば明日があり闘いがある　「工人」昭和二十三年十月号
汚れたるヴィヨンの詩集をふところに夜の浮浪の群に入りゆく　「工人」昭和二十四年三月号
西東風のまにまに彷徨《さまよ》いの群の中より歌生れんとする　「工人」昭和二十四年七月号
天の下吾が世ときめてはばからぬ神の所属の彷徨《さまよ》いの徒よ　同
伝承の学問と云うを身につけて生きる時間をちぢめているよ　「工人」昭和二十五年三月号
歌をよむ吾をたたえてはばからぬ幾千万の浜風太郎《ブウタロウ》　「工人」昭和二十五年九月号

泥棒貴族フランソワ・ヴィヨンとの出会いは、方代に反逆のエネルギーをそそぎこんだ。「幾千万の浜風太郎」「夜の浮浪の群」「神の所属の彷徨いの徒」のなかから生まれる歌をつくりたい、そのこころの代弁者たる歌よみになろうと、それは方代に決意させた。現代仮名遣い・口語まじり文体は、「歌をよむ吾をたたえてはばからぬ幾千万の浜風太郎」のために、意志して選択された文字遣い・文体であった。

昭和十二年前後、青春時代の方代は、流麗な文語定型歌をつくっている。「山崎一輪」という名で発表していたころの、つぎのような歌を見れば、この反逆のエネルギーは他に対するものではなく、むしろ自己破壊に向かったものであり、一種の「自己革命」であったことが理解できよう。

貧しければ眼科博士にも見せずして遂につぶせしちちの眼ははの眼　「一路」昭和十一年十月号

背の母の息がうなじにかかる時陸奥先生の歌を思へり　同　昭和十二年五月号

めしひなる父君母君のあけくれを岩山の如くわれ護りきぬ　同　昭和十二年六月号

秋咲くとふ花の種をば手さぐりに蒔きつつぞゐるめしひの父は　同　昭和十二年七月号

母にのます粥をにながら思ふなり山は今宵も落葉するらむ　同　昭和十三年一月号

この時期の「一路」には毎号のように七首から八首は採用されている。山深い里でめしいの父母を護る貧しい家の孝行息子の哀切の情を、歌の師である山下陸奥は慈しんだにちがいない。方代もまた、「一路」の優等生たらんといそしんだことであろう。

浪花節というものをわたしは聞いたことがないが、「ととさん」「かかさん」の庶民の涙をしぼる情の世界、つまり「むかしむかしあるところに……」の世界を、方代はこれらの文語定型歌のうちにつくり出している。演じている、と言ってもいい。

横浜に出てきて、古河電線に勤務するようになると、その調和の世界がくずれはじめ、さらに昭和十四年三月、父が手術によって眼が見えるようになってのちには、長い歌の空白期に入る。おそらく「めしひの父」という涙をしぼる素材を失って、歌がうたえなくなったものと思われる。昭和十六年七月召集による入隊後はともかくとしても、それまでの間が空白であるのは、そうとでも考えなければ理由がつかない。

文語定型で哀切にうたいあげた、山深い里でめしいの父母に孝養をつくす貧しい息子と言った庶民道徳のこもる〈おはなし〉の世界を、ヴィヨンから得た反逆のエネルギーはいっきょに押し流し、それを破壊した。

かつて昭和初期の口語自由律短歌勃興期には、社会主義というイデオロギーに拠っての社会に対する反逆のエネルギーがあった。そこでは、善き社会建設の理想と正義が掲げられていたが、こちらの方代にあっては自己破壊によって悪へと下降する。ここが独自なところだ。方代の現代仮名遣い・口語まじり文体は、このような悪へと下降する反逆のエネルギーの内圧によって、まず生命を与えられたのである。

また、自筆年譜とも言える「右左口村方代おぼえがき」の第五項目は、「二十一年南方より帰る／東京牛込を城にして放浪／新宿の紀野（伊）国屋にて　鈴木信太郎訳の／ランンフアー（フランソワ）ヴィヨン詩鈔を買う／歌の出合（会）になる（以下略）」というものだったが、この項目最後の、

そして
小説　詩　短歌　俳句
四行詩に
万葉の声調を入れて
新しい詩を作ろうと進発

という五行を軽視してはならない。方代は、口語を導入して新しい短歌をつくろうとしたのではない。「小説」「詩」「短歌」「俳句」「四行詩」、それに「万葉の声調」を入れて「新しい詩を作ろ

う と進発」したのである。
口語まじりの短歌は現今隆盛しているが、それらの類と方代の歌とが画然と違って見えるのは、方代にあっては〈短歌とは別の一体〉創出の意志がつねに動いているからである。

わからなくなれば夜霧に垂れさがる黒きのれんを分けて出でゆく　『方代』
地下道をねぐらときめて今宵ホールの楽に合わする
父知らぬ子を産みおろす若き娘に生の卵を一つ置きて去る
十月三十日のあけのわさびの強い香よ人間に近い泪をながす
石臼の石の目盛りに置くほこりああ遠く久しく来たる
一枚の手鏡の中におれの孤独が落ちていた

語そのもののもつ韻律に乗りながら、ぐいぐいと言いたいことを言い通してゆく。「わからなくなれば」の句跨りも、「今宵ホールの楽に合わする」「ああ遠く久しく来たる」の寸足らずも、「生の卵を一つ置きて去る」のぶこつさも、そんなことにはもうかまわない。「一枚の手鏡の中におれの孤独が落ちていた」のような、自由律俳句のようなものがあらわれるのも、この歌集『方代』からであった。

さて、わたしの関心はこれから先にある。ふたたび言うが、表音主義に由来する現代仮名遣い・口語まじり文体は、歴史から自らを「根切り」しようとする衝動にもとづいている。この「解放」「自由」が反逆と破壊のエネルギーに支えられているうちはいいが、じつはそういうエネルギーは長続きしない。

そのとき、現代仮名遣い・口語まじり文体を何が支えるのか。支えるエネルギーを失った口語自由律がどうなったか、その実例をわたしたちは歴史の上にいくつも見ている。耐えきれずに文語定型に回帰した実例も、いくつも知っている。

福田恆存は、「『現代かなづかい』や『当用漢字』採用は古典と一般国民との間を堰《せ》くに至るだらう」(同前)と言ったが、創作者にあっては、それは自らと古典との間を堰くことになるのである。養分を採れない根無し草は、やがて枯れる。

方代もまた、そういう危機を自覚したに違いない。「根切り」の衝動についての反省が見えるようになるのは、歌集『方代』後半からである。

はがまの上にはがまの蓋があるこの約束は学ばねばならぬ
すてられし下駄にも雪がつもりおるここに統一があるではないか
十月のこの石の上にひれふせるいちまいの木の葉に統一がある

ゆえしらぬ涙は下る朝の日が茶碗の中のめしを照せる

「はがまの上にはがまの蓋がある」というあたりまえすぎるほどあたりまえの「約束」、「朝の日が茶碗の中のめしを照」らすというごくありふれたこと、そして「統一」。これらは秩序へと回帰する意志をしめしている。

岡部桂一郎が、歌集『右左口』後記に、「彼が若いころヴィヨンにとりつかれたのはやはりわが放浪の力杖としたかったのだろう。神よ恩寵を垂れたまえ、という奇妙な声は方代とはしょせん無縁であり、方代の歌が出てくるのはこの「村」である」と延べて、ヴィヨンの影響を一過性のものと見た観察は、ある意味ではそのとおりであった。

ふるさとのつがの根本にたまりたる落葉の下に帰ろうべしや

この歌集『方代』の一首を、岡部桂一郎は「方代百首」（『山崎方代追悼・研究』不識書院）で掲げて、「方代の歌は始めほとんど都会風で、ハイカラな面が顔を出している。そして、生きるために戦ってゆくエネルギーにも満ちていた。しかし、右の歌のいくつかのように故郷をふり返ってうたう歌が次第に目立つようになってゆくのである」と、述べる。

この「村」「故郷」の意味が問題なのだ。わたしは、岡部が言うような苛酷な現実からの「救済」としての故郷という以上に、もっと根本的な意味がここにはひそんでいると見る。「幾千万の浜風太郎」の代弁者たらんとこころざす方代の歌が回帰した〈古典〉は、万葉集や古今集のような文献的な場所ではなかった。

彼はみずからの根ざすべき〈古典〉として「右左口村」を発見した。また、子どもの頃から読み習った『甲陽軍鑑』を発見した。

現代仮名遣い・口語まじりの方代文体は、彼の〈古典〉としての「右左口村」と『甲陽軍鑑』に根ざすことによって初めて、民衆の、一般大衆の、「底邊」者の、こころの代弁の歌として普遍性を獲得していくことになるのである。

ＧＲＡＳＳ ＲＯＯＴＳの精神（講演記録）

今日は「山崎方代……ＧＲＡＳＳ ＲＯＯＴＳの精神」、このようなテーマでお話しようと思います。歌のハウツー、技法の問題ではなくて、わたしたちがこれから歌を作っていくのに、どのような心構えですすめていったらいいかという、その基本的なところを考えてみたいと思います。

いまは、皆様方もご存じのように混迷の時代です。地方も中央ももう無くなりました。インターネットというものが、世界中を一瞬にして繋いでいます。こういうグローバリズムのなかで、どんどん進んでいるのは二極化ですね。どの国を見ても、ごく一部の富裕な支配層と貧困化してゆく被支配層とに、二極化してゆく傾向があります。かつて一億総中流と言われましたが、その中流層はすべて貧困化へと向かいつつあります。

そのような中で、いったいわたしたちはどのような歌を作っていったらいいのか――。

わたしの答は、「ｇｒａｓｓ ｒｏｏｔｓの精神」です。これこそが、いま、そしてこれから、もっとも求められていくものだと思います。

ｇｒａｓｓ ｒｏｏｔｓは「草の根」ということ。日本語の「草の根」はｇｒａｓｓ ｒｏｏｔｓの翻訳語です。似たような言葉で「草莽（そうもう）」という語があります。日本の古い言葉です。和語では「青人草（あおひとぐさ）」とも言います。

「草莽」は、「草莽の臣」とか「草莽の民」とかいう言葉があるように、官に対する、官職にあるものに対する民を指します。「草莽の臣」とは、官職にないんだけれども、野にありながら臣下の礼を取っている者。官すなわち朝廷に対する民、それが「草莽」という意味です。

わたしは英語をよく知りませんが、ｇｒａｓｓ ｒｏｏｔｓという語には、権力に対する、というような意味合いがあるみたいですね。だから、よく草の根運動とかいうような言い方をします。無名・無力の者が集まって権力に対して戦う、といったような意味合いがある。「草莽」とは、ちょっと違いますね。

わたしはｇｒａｓｓ ｒｏｏｔｓという語を、官に対する民という「草莽」でもなく、対権力市民運動のようなものでもなく、このｒｏｏｔｓ＝根というところにアクセントを置いて考えてみたい。大地に根を下ろして、雑草のように大地のエキスを吸い上げて、お日様の恵みをもらいながら、生命体として循環しながら、どんどん深く深く根を下ろしてゆく。「大地」とは、生まれ替わり、死に替わりして来たものの堆積しているところです。あらゆる生物、そしてわたしたち人間も、生まれ、生まれ、生まれ、死に、死に、死に、その生と死の間にそれぞれの営みをする。それら個々の営みが累積し堆積したものとしての「大地」（物質的にはもちろん、「文化の大地」という比喩的意味においても）からわたしたちは栄養をもらっているわけなんですが、そうやって栄養をもらいながら他のどれとも置換えのきかない〈一つのもの〉に生長してゆく。そういうイメージで、わたしはこの、ｇｒａｓｓ ｒｏｏｔｓ、草の根精神、といったようなものを考えてみたいと思うんですね。

ｒｏｏｔｓに複数の「ｓ」がついていますけど、「ｓ」のあるところが有り難いではないですか。それぞれの個がある。それぞれが自分の営みの中から、生命活動の中から、自分独自の葉を茂らせ、茎を伸ばし、花を咲かせる。そういうイメージを持って使いたい。

ところで、今年は、中国がＧＤＰ（国内総生産）世界第二位になり、日本を抜いた。世界のヘゲモニーはアメリカから徐々に中国に移り、二十一世紀中には中国が世界第一位になるんじゃないか、と言われています。まさに世界の権力構造の組み換えがなされようとしています。

考えてみると「短歌」が生まれたのは百年ほど前なんですが、ご承知のように、黒船が来て開国をし、明治日本という近代国家が出発します。そうして、後進国ながらに自国の誇りを持ちうる、国民としての文学を求めようとする模索が生まれてきます。いくつかの模索の中で、正岡子規が古典（キャノン）の再編成をやりとげた。それまで日本文化の規範を作ってきたのは、古今集です。古今集以来積み上げてきた美の標準があったのですが、それをひっくり返して、万葉集や、歌の正統とは認めなかった源実朝や橘曙覧などの歌を掲げながら、いわゆる和歌ではないところの、新しい時代の歌を実行していった。子規は、官に対する民の文学としての短歌をつくりあげていったといっていいでしょう。

もちろん、和歌は和歌としてちゃんとあったんですよ。宮中では、和歌が行われて来たんです。敗戦するまでそうでした。敗戦によってはじめて、わたしたち民衆の、草莽の民の文学である短歌が、民主化という名目で天皇家に出仕するようになった。

ともあれ、百年ほど前に、国民大衆、草莽の民であるわたしたちが個々それぞれの内面、わたしたちの心の中をそれぞれに表出することが出来るような、そういう文学ジャンルとしての短歌が生まれたわけなんですね。ところが、近代国家とは資本主義を政治体制とする国家です。資本主義が入って来ます。拝金主義という言葉も生まれましたけど、お金の価値が今までのすべての価値を乗り越えて君臨するような、そういう時代に入って行きます。二十世紀の間、資本主義は成熟し、金融資本主義となって、国際金融を牛耳る者が世界を牛耳る。こういう時代に入っています。

歌のみならず文学や芸術はもう滅びるのではないかといわれるような、こんな時代に、わたしたちはどんな歌を作って行ったらいいか。そのヒントとして、「草の根としての方代の歌」「エミリー・カーメ・ウングワレーの抽象画」、この二つを結びつけて考えてみたいのです。

エミリー・ウングワレーは、オーストラリア先住民族アボリジニの出身です。この絵画展が何年か前に東京で開かれました。若い人も年とった人も、観た人みんなが、いいって言う。私はつい見逃してしまって、どんな絵だったのだろうと思っていたのですが、このあいだ部屋を片付けていたらこの展覧会評の掲載された新聞が出てきて、その絵の写真（「ビッグ・ヤム・ドリーミング」１９９５／アクリル、カンヴァス／２９１・１×８０１・８㎝）にびっくりしたんです。それは抽象絵画だったんです。

これまでにも幾つか抽象画の展覧会は観たことがありますが、どれもどこか空しい。モンドリアンもよくわからなった。なかではブラックが苦心惨憺しているさまが記憶に残っていますが、ピカソなども後期のタブローはつまんないなあ、と思う。

それが、これを見た時、え！こんな抽象絵画があるのか、と思ったんですね。標題の「ヤム」はヤム芋のこと。画面いっぱいに引きめぐらしてある「相互に結びついた有機的な線の網目は、成長したヤムイモの蔓が地下の太い根の組織に沿って地面につくる、ひび割れの模様によく似ている。塊茎が実ると地面にひびが生じ、人々はそのひび割れに沿って土を掘り起こすことによってヤムイモを掘り当てる」と、解説には書いてあります。

幾つかご覧に入れますと、これは「私の故郷」（１９９３／アクリル、カンヴァス／１３３・５×３７０・０㎝）、故郷の名はアルハルクラといいます。これは「カーメ――夏のアウェリェ

I」（1991／アクリル、カンヴァス／302・0×136・8㎝）、カーメとは山芋の種のことなんです。まるで宇宙のような、星の群れを描いているような、見ていて見飽きない。

経歴を読みますと、これがまさに方代と同時代の人なんですね。方代は、大正三（一九一四）年生まれ。ウングワレーの方は、はっきりとはしませんが一九一〇年頃の生まれ。ウングワレーの方が長生きして、九六年に亡くなっています。方代は八五年没。

方代は、昭和十六（一九四一）年に召集されます。軍隊では精神的にも非常に苦痛な時期を過ごした。自分は軍隊で心の底から笑ったことは一度もなかった、と言っています。

ちょうど同じ頃、一九四〇年、エミリーは故郷アルハルクラを離れ、白人所有の牧場で働かされていました。つまり土地を取り上げられたわけです。先住民族が土地から追い払われ、使用人として働かされたわけなんですね。ところが、七十年代後半に土地所有権回復運動が起き、八十一年にはアボリジニの土地所有権が認められて、故郷に戻ります。すでに現金収入のない生活はむずかしく、先住民族の経済的自立をはかるための企画として、ろうけつ染めやアクリル絵画運動がなされたといいます。

エミリーは八十歳近くになって始めてキャンバスにアクリル画を描いたというんですが、それが美術界に大きな衝撃をあたえ、国際的に評価されていきます。ほとんど毎日一作ずつ描いていきます。トタン小屋のある庭先の、埃っぽい地面に紙を広げて、あっという間に描きあげてゆく。

天地もなくて、こっちが下、こっちが上ということもなくて、ぐるーと回りながら描いていったそうです。絵筆がないときは、そこらへんの古草履の切れ端でもなんでも使って描いていったそうです。犬の子が描きかけの絵の上を歩いても気にもしない。

文盲で、美術専門教育など全くなく、砂漠地帯を生涯出たこともなかったウングワレーでしたが、世界の前衛抽象絵画にまさるとも劣らない水準を実現した。八十歳という年齢から、絵筆を握って。

いったい、何がそれを可能にしたのか。

——それは先祖代々が生き替わり死に替わりして伝えてきたボディ・ペインティングの文化伝統をもつ、故郷アルハルクラです。砂漠地帯の故郷アルハルクラがエミリーの主題のすべてなんですね。

何を描いているのかと問われて、「すべてのもの、私のドリーミング、ペンシル・ヤム、トゲトカゲ、ドリームタイムの子犬、エミュー、エミューが好んで食べる草、緑豆、ヤムイモの種、これが私の描くもの、すべてのもの」。そう答えた。

描かれているものは、ほとんど点と線ばかりです。しかし、その点と線に生命の躍動が宿っている。

さて、方代なんですが、方代もまた故郷右左口村が生涯のテーマといってよい歌人でした。その略歴を、歌とともに見ていきましょう。

父さんは藁穂《みご》を束ねてなんぼでも習字の筆を作ってくれた

子供が書くような歌です。藁穂《みご》っていうんですね。藁の穂を乾かしたやつですね。あれを束ねてなんぼでも――「なんぼでも」というのが土地のことば。口語というよりは土地の言葉ですね――習字の筆を作ってくれた。貧しかったということです。筆を買ってもらえない。だから藁束で筆を作った。もう擦り切れたよって言えば、おいおいと言って、いくらでも作ってくれた、子供のころの思い出ですね。

西洋の胡桃畑に切りかえよ畑の土は黒くてあまい

父龍吉は江戸幕末期の人間なんです。方代は、龍吉六十五歳、母けさの四十五歳の時の子で、龍吉は西暦に直すと一八四九年生まれ。明治維新が六八年ですから、成人したころに明治維新。方代は、そんな江戸期の山梨の寒村に生まれ育った父龍吉の子であったということです。右左口尋常高等小学校を十五歳で卒業、それ以後学歴はありません。成人するまで、百姓仕事をお父さんから仕込まれています。子どもの頃から歌や俳句が好きで、畑仕事を怠けては歌会に出ていたようなんですが、しかし、二十歳過ぎまでそうやってお父さんに農業を仕込まれた。その農業も、畑の土を嘗めるんですね。土を嘗めて、色も見て、甘いから何の畑にいいとか、そういう風な、つまり、今のわたしたちの農業だったらもう少し科学的です。計器もつかいます。化学肥料もどんどんやるじゃないですか。父龍吉が方代に仕込んだ百姓仕事は、江戸時代以来伝えられてきたような、嘗めて、色を見て、そうやって五感で判断してゆくものでした。

仕舞湯に漬け込んでおきし種籾がにっこり笑って出を待っている

お風呂をつかったあとの仕舞湯に漬け込んでおいた種籾が、ほんのちょっと芽を出したところを、にっこり笑って、という。さあ、今から世の中に出て行くよ、という感じで出を待っている。まさに種籾のひと粒ひと粒が何というかな、人間の一生と同じような世界ですね。ウングワレーが画面いちめんに点をうってヤムイモの種を描いていた、それに通じる世界だと思います。

母の名は山崎けさのと申します日の暮方の今日の思いよ

母親は六十五歳で亡くなります。方代が二十三歳の時のことでした。両親ともに盲目でしたが、母親が亡くなったのち、横浜の歯科医に嫁していた姉の関くまさんのもとに、方代とお父さんは引き取られて行くんですね。家屋敷を畳んで故郷を去りました。方代は、横浜に来ることは一方では希望もあったと思います。東京の周辺に来て歌の勉強が出来る。歌の方面で名を上げたい。そういう気持でやって来たと思います。ところが、仕事が勤まらない。古河電線の工場に勤めるんですけど、五分遅刻をして、工場の門を潜るのが嫌で、一日中ぶらぶら遊んで帰って来る。姉さんには、行って来たよと嘘をつく。すぐ首になったそうです。職を転々としているうちに、昭和十六年、軍隊から召集礼状が来ます。

戦傷で片目を失明したために戦後はまともな職につけなかった、と言いますけれど、たとえまともな体で戻って来ても、わたしはおそらくちゃんとした職にはつけなかっただろうと思います。江戸時代生まれのお父さんのもとで、農民の体として育ちあがった方代にとって、近代の時間感覚はどうしても苦痛なんです。工場は時計の針ではかる、抽象的時間が支配しています。朝八時に時計の針がぴたっと来たらさあ仕事だ。十二時、休憩、一時、仕事。というように外側から定規をあてて計るような時計の時間で人を動かす。百姓はそうではありません。伝えられた経験の積み重ねをもとに、今年の夏は雨が降らなかったとか、風が吹いたとか、さまざまな気象条件を総合的にこちらが考え合わせながら、種蒔きや草取りや、作業の時期を決めていきます。時間感覚がまったく違うんですね。

このような方代が、戦争が終わって時代が落ちつくとともに、その身体の記憶を呼び覚ましていったのが、故郷右左口村の歌でした。

方代の右左口村をうたった歌は、誰にも好かれます。明治時代以降、啄木のように立身出世のために出郷したり、あるいは家産が傾いて離郷せざるを得なくなったり、東京へ、東京へと集まって行った人たち、故郷を失った人たちが沢山います。それだけでなく次々に新しいものが出現して変化の早い時代の移りかわりによっても、わたしたちは故郷を失って行きます。みんなが故郷の歌を好きなのは、そういう理由があるのでしょう。

しかし、方代の故郷の歌が、個人的な郷愁に終らないのは何故かっていうこと。誰にだって、それぞれの思い出がある。あの時こうだった、ああだったと、思い出の歌を作ろうと思えば誰でも幾らでも作れるんですが、どうも方代の歌はそのようなものとは違うなっていう、そこが大事なところ。

それは今言いましたように、喪失してしまった故郷を回想しながらうたうのではなくて、自分の体の中にまさに生きているものを引き出して来る。いま、自分の体の内に生きている世界をうたっている。そこが違う。だから、その世界は自分のからだのなかでだんだん成長するというか、胸のなかでおはなしが展開してゆくんですね。それが、次ぎの歌です。

不二がわらっている石が笑っている笛吹き川がつぶやいている

生まれた故郷では、富士山が見えるんでしょう。笛吹川が流れていて、石ころだらけの河原がある。山梨っていうのは畑の中に石がいっぱいあって、それをお婆さんがこうやって一つ一つ、賽の河原の石積みのように、畑の隅に積んでいるんです。それくらい石が多いところ。石が笑っている。厄介物の石ですが、その石がにこにこ笑っている。笛吹川がつぶやいている。流れている。祝福というか、生きてゆく喜び、ああ、生きていてよかったなあ、そういう歌ですよね。

しののめの下界に降りてゆくりなく石の笑いを耳にはさみぬ

しののめの、というのは東の方ということ。東の雲という意味もあります。東の空が明るんで来る頃、下界に降りて来て、というのだから、天上界からおりて来るものがいるんですね。主語がなければふつう主格は「われ」ですから、わたしが下界に降りてゆくと「ゆくりなく」、ふと石の笑いを耳にはさんだ。石がくすくす、くすくす、と笑っている。石との楽しい世界。童話のような、と言いたいんですが、もっと高級でしょう。童心という言葉もありますが、それよりもさらに透明な世界。生まれて来てよかったなあ、というような笑い。こういう世界が、方代が目をつぶると、自分の体の中の故郷から、ふうっと湧き出てくる。自分が体験したことの過去回想だけではないのです。

信玄は馬糞をまいて丈低き麦の品種を作りひろめき
なつかしい甲陽軍鑑全巻を揃えてほっと安気なんだよ

『甲陽軍鑑』という書物がありますが、これは武田信玄・勝頼二代に渡る全二十巻におよぶ歴史物語です。「武士道」という言葉がはじめて見出される文献で、原形をつくった筆録は、信玄の老臣高坂昌信（一五二七〜一五七八）だといいます。講談や歌舞伎狂言にも翻案され、江戸時代から庶民にもひろく読まれ、現代も組織の上に立つ者の心得の書として読まれている、世に処していく知恵の書ともいえるものです。甲州ではとくにひろく読まれたもののようで、方代も十三、四歳のころから読んでいたらしいです。

この『甲陽軍鑑』の口書が素晴らしいんです。今、「牙」に連載している文章でも書きましたが、ちょっと読んでみます。

一、この書物、仮名《かな》づかひよろづ無穿鑿《ぶせんさく》にて、物知りの御覧候《さふら》はゞひとつとしてよきことなくて、わらひごとになり申すべく候。子細は、我等元来百姓なれども、不慮に十六歳の春召し出され（略）少しも学問仕つるべき隙なき故、文盲第一に候ひてかくのごとし。

つまり、仮名遣いも何も出鱈目だから、ものを知ってる人が読んだら笑いごとになるようなものだ。私、高坂昌信は元々百姓で、たまたま十六歳の春に召し出され、誠心誠意お仕えしたから、少しも勉強なんかするひまがなかった。それで文盲だ。字が読めない。学問がない、と言っているんです。

二、この本仮名にていかゞなど、ありて、字に直したまふこと必ず御無用になさるべし。結句唯今字のところをも仮名に書きて尤もに候。（略）さてまた仮名の本を用ふる徳は、世間に学問よくして物よむひとは、百人の内に一、二人ならではなし。さるに付き、物知らぬひとも仮名をばよむものにて候間、雨中のつれづれにも無学の老若取りてよみ給ふやうにとの儀なり。

この「仮名」というのは、読み下し文。今の漢字仮名混じり文のことなんですね。当時の正式の文章は漢文なんです。それが「字」。漢文でなければ、正式な公式の文章じゃないんです。仮名混じり文は、無学の人の読むものだった。それでは権威がないからと漢文に書き直そうなんて、そんなこと絶対に考えないでください、「字」つまり漢文のところを仮名混じり文に書き直すのはいい、しかし、漢文に直すようなことは絶対にしないでくれ、というのです。

学問の出来る人は百人のうち一人、二人くらいしかいない。しかし、ものを知らない人だって、この仮名混じり文だったら読める。わたしがこれを書いたのは、無学の人が、年寄りでも、若い人でも、雨の日に仕事がないときの退屈まぎれにでも読むようにと思ってのことだから、というんですね。

そう言いながら、じつはそこには強烈な誇りがあるわけなんです。そもそも「出家は仏道修行の儀」「儒者は儒道の儀」「町人はあきなひのこと」「百姓は耕作のこと」、それが家職であり、本分である。出家は仏道を一生懸命やるのが本来、儒者は儒道、町人は商い。百姓は耕作。その道の業に心掛けるのが第一であって、武士に学問は無用である。武士が学問をし始めたら堕落だ、そう高坂昌信は言います。この時代のひとびとの考え方であり、モラルです。

ところが、京の公家階級、第一階級ですね、このお公家さんたちは台頭してきた武士たちを粗野で無知なやからだと内心嘲笑っていた。文化をもたない成り上がりの輩というわけです。没落してゆく貴族階級は、文化保持者としての権威にしがみついているともいえます。

興隆していく新しい武士階級には、そういう文化蓄積の権威がないものだから、上層の武士になるほど、それを身につけようとします。歌が詠めて、学問知識に造詣がふかいことにあこがれる。うつつを抜かす武士もいたのでしょう。しかし、この昔かたぎの篤実賢明な老臣高坂昌信は、学問などというようなものは誰もがやる必要はない、せいぜい仮名混じり文くらいが読めれば結構だと、自分たち武士のもつ価値観、モラルを、胸を張ってどうどうと押し出す。そんな新鮮な誇りが行間に満ち満ちています。

わたしが思いますに、方代の新仮名使い口語混じりの歌。この文体。これは『甲陽軍鑑』の思想から発している。そう考えていいのではないか。

明治から現代にいたるまで歌の口語化は、新しい時代には新しい口語文体で、とか、そのうち旧仮名や文語は誰も読めなくなるから、とか、新しい時代に順応していかなくてはならないという、そういう動機からいつも出ている。

方代の新仮名使い口語混じりの文体は、一見、新しい時代に順応した文体のように見えますが、どう見ても昨今のネット短歌などのような口語文体の歌とは異質です。それは、なぜか。方代の文体の根底には、『甲陽軍鑑』の思想があるからだ。つまり、自分たち民衆、庶民、草の根の誇りを持って、非公式の、学問のないものの文体を、どうどうと主張していこうとする思想。「わたしたちの非公式文体を認知せよ」と迫った『甲陽軍鑑』の、この書物の精神といったようなものを、方代は体の中に埋め込んでいる。

昭和四十年くらいに出した方代の初めての歌集『方代』ですでに、この新仮名遣い口語混じり文が出来上がってるんですね。戦後民主主義の風潮のなかで無名の民衆の声が注目された時代があって、そういう時代の空気のなかで方代は、自分は民衆の側に立って歌を作るんだ、新仮名遣いの口語混じり文体でいこう、そう考えたのではないでしょうか。

方代の歌には、ぎっしりと這った根の力があります。その根強さが、つぎのような反骨の歌を導き出すわけですね。

力には力をもちてというような正しいことは通じないのよ

「目には目を、歯には歯を、力には力を」というわけですが、方代が青春時代を過ごした昭和十年代、日中戦争が起きたころの新聞には「暴支膺懲」（暴力的な支那を懲らしめる）という黒々とした大活字が踊り、そうやって「力には力を持ちて」という「正しい」論理によって方代たちは戦争にかり出されて行ったわけなんです。そんな時代を潜った方代が、「正しいこと」は正義かもしれないが「通じないのよ」という。天の理が「通じさせないのよ」と言っているような感じがありますね。

ほいほいとほめそやされて生命さえほめ殺されし人がありたり

これもそうですね。方代の、引き抜いても引き抜いても根を張る雑草のような力を感じさせる歌だと思います。

ところで、方代もエミリー・カーメ・ウングワレーも、ほとんど無学、学歴なし。無学の者が、どのようにして巨匠となり、長く忘れられない歌人となりうるのか。彼らは、どのようにして学んだのか。

失礼ではありますが、ここにいらっしゃる方々はもう若いとは言えない。これから沢山の知識を身に付けるような時間は残されていないように思います。そういう人間が、どうやって、何を学べばいいのか。方代の学び方――無学者の学び――はそのヒントになるかと思います。それは、自分に足りない「栄養素」を良く知っているということ。自分に不足している、必要不可欠の栄養素を本能的に欲する。これ食べたいという感じ、これをぱっと見つける能力ですね。

ものは沢山読まなくていい。『甲陽軍鑑』にも書いてありましたが、本は二、三冊しっかり読んでおけばいいっていうんです。たとえば、歌集『方代』の語彙を見ますと、影響が見えるものは、鈴木信太郎訳のフランソワ・ヴィヨン、高橋新吉、それから尾形亀之助。この三つ。ヴィヨンの詩は長いんですが、高橋新吉、尾形亀之助の詩は短い口語の詩です。そこから語彙や発想をいっぱい取って来ています。何か触れるものがあったんでしょうね。徹底的に読んでいるんです。最後の歌集『迦葉』にまで高橋新吉という名前や、尾形亀之介の詩句も出てくる。フランソワ・ヴィヨンの「形見」という言葉は、生涯を通じてしばしば現れます。もう徹底的に吸収してるんですね。

方代自身はほかにも會津八一とか吉野秀雄とか、尊敬する歌人として名前を出していますし、ことに吉野秀雄のもとには師としてしばしば通ったわけですが、歌そのものには直接にはまったく影響が見えません。語彙としては入っていない。吸収は別のところでしている。

たとえば、一面識もない唐木順三の家を訪ねていったことがありました。唐木順三の書いた一遍上人にたいへん関心をひかれて、どうかして著者に会いたい一心で、ある日、野蒜だの銀杏だの持って訪れるんですね。まず、この積極性。「あっ、この人に会ってみたい」と思ったら千里の道を遠しとせず、手土産を持って、話を聞きに行ってみる。顔を見て、確かめる。そうせずにはおられないんですね。唐木順三は思想家、評論家ですからね、難しいことをいっぱい書いている。一遍上人だけを書いているわけじゃありません。及びもつかないような該博な古典の知識をいっぱい持っているし、書いている。ふつうの人だったら、その該博な知識のまえにおじけづいてしまうんですが、おそらく方代はそんなのは全然読んでいない。あれは、たぶん、自分が好きなところだけしか読んでいません。「一遍上人」のところだって、全部読んだかどうか、あやしい。読む必要はないんですね。強烈な吸収力で、自分に必要な「栄養素」だけを確実に吸いとりさえすれば。

「詩と死」という題で唐木順三は一遍上人のことを書きました。

詩と死＊白い花が咲いている。
丸出しの甲州弁で申します。花は死であり死は花である
詩と死・白い辛夷の花が咲きかけている

方代の歌です。三首目は、最後の歌集『迦葉』の最後の歌ですが、「詩と死」というフレーズを、何度も方代はつかっています。「花」は詩であり、ポエジーである。詩は死であり、死は詩である。「死と詩」という言葉遊びのようなこの短いフレーズを、方代は受け取った。極端なことを言えば、唐木順三の著書からはこの一語さえ受け取れば充分だったのではないでしょうか。

ミヒャエル・エンデという有名な童話作家が、文学は死という海を背景において見なければいけない、というようなことを言っています。死の海の上に歌を浮かべて、なおかつ活き活きと見えてくるようなものでないとちゃんとした歌とはいえない。歌の裏面に死がびっしりと張り付い

ているような――。死を背景にして、自分の歌がどう見えるか。ずぶずぶっと溶けてなくなるような歌でないかどうか。何時もそういう心構えでいなければならない。

しかし、そうは言いましても、わたしたちは方代でもアボリジニ出身でもありません。方代には故郷右左口があり、ウングワレーには故郷アルハルクラがあった。わたしたちはすでに正月や盆の祀り方も知らないし、どこにも故郷らしい故郷はないといったほうがいいでしょう。むしろわたしなど、そんなものは嫌いで断ち切りたいと願ったほうでした。そういう自分に、方代やウングワレーのような体のなかに生きている「故郷」があるのだろうか。

昔から「古人の涎を舐むるなかれ、古人の求めんとしたるところを求めよ」という言葉があります。方代やウングワレーの表面的模倣をするのではなく、それぞれが自分の胸に根を下ろして行く「故郷」を問いかけることが必要だろうと思うんですね。わたしたちのいのちの根がエキスを吸いあげてくる地脈、それは日本語でもありましょうし、もっとも大きなものは「死」でしょうか。生きているものはいずれ死ぬということ、「死」は故郷。そこに、ひとりひとりが、ひとりひとりの根を下ろして、いのちの花を咲かせる。それこそが大切なことで、もう五句三十一音などぱーっと突き破ったっていいじゃないか。それぐらいの力が必要でしょう。

つたない話でしたが、時間です。ありがとうございました。

やまぐち二〇一〇・短歌大会講演　於　柳井クルーズホテル　二〇一〇年十一月二十八日

方代さんの思い出

方代さんが北九州に遊びに来たのは、昭和五十三年だったか、四年だったか。わたしたち「牙」の仲間である喜多村千秋の家に、九州に着いた方代さんをまずお迎えしたのだった。

喜多村さんの家は海の近くにある。活きのいい刺身に、蟹に、しゃこ、二つくっつけたテーブルにのりきれないほどの大皿を囲んで、その夜、方代さんは、うさぎの糞をつるりと飲み込む話や、砲弾のかけらがこめかみに入っている話や、貯金が五十万円ある話を、歯のない口をすぼめてフォッフォッと笑いながらしてくれた。女のひとの話をするときには必ず、「ズズーッて、よだれが垂れちゃうよ」とあご先をてのひらですくうのである。

その晩、熊本から来た石田比呂志とわたしは、方代さんといっしょに、喜多村さんの家にお世話になった。翌朝、石田比呂志は方代さんを案内して豊前へくだり、わたしは行橋の実家へ帰った。

豊前では、「牙」のお年寄りの会員たちがすっかりファンになってしまい、方代さんは方代さんで、あごあし持ちの旅っていいねえ、笑いがこみあげてくるよ、といって、フォッフォッと笑ったという話だ。

だが、わたしが方代さんを特別なつかしく思い出すのは、帰りの汽車のなかでのことである。小倉まで、方代さんと石田比呂志とわたしは同乗し、方代さんとわたしは通路側の席に膝をつきあわせて坐った。石田比呂志はすっかり疲れた様子で口が重い。わたしも何を話してよいかわからなくて、黙っていた。そのうち、何の拍子か、方代さんはわたしの膝を叩いて、「はやく有名になること、祈ってるよ」と言ってくれたのだ。

そのころわたしは、石田比呂志といっしょになったためにいくらかつらい立場にあった。めだたないようにふるまっていたのに、目をとめてくれて、「有名になる」なんてえらく直接的なことばをつかって励ましてくれる。思いがけなくて、うれしくて、こころがあったかくなった。

このことばは、わたしが歌集『紫木蓮まで・風舌』を出して、少し有名になるまで、ずいぶん力ある支えであったのだ。

わたしは、『紫木蓮まで・風舌』を手紙を添えて送ったが、返事はなかった。方代さんは目が悪いから、あの歌集を開くこともなかったのかもしれない。それでいいと思った。

ところで、方代さんが亡くなられたあと、最後までお世話した中村美稲さんが、あるとき、こういった。

「方代さんが、ぼくは阿木津英と同じ部屋で寝たって、何度もおっしゃってたんですよ。方代さんはコロッとうそをつくんだけど、うそだったらたいてい一回こっきりで終わりです。そんなに何度もいうのだからほんとなのかしら、と一度おたずねしてみたかったんですよ」

北九州の喜多村さんの家に泊まった夜をいうのである。そういわれれば、同じ部屋に三つ床を並べたのかもしれない。方代さんのズズーッとよだれをすくう手つきと顔を思って、おかしかった。

鎌倉の方代さんを訪ねたことがある。方代さんはどこに行っても親しまれるひとだったが、地元の鎌倉ではそうばかりでもないことが肌で感じられた。

方代さんは、遠くから来た石田比呂志とわたしを歓待しようと一所懸命だった。肴は新しくうまいが、給仕のおばさんの態度の不愉快な小料理店を出、方代さんを大のひいきにしているラーメン屋さんに行った。あぶらのギトギトしているような真っ赤なカウンターで、わたしたちはやっと落ち着いた。

酔っぱらった石田比呂志は、かねてから文通のあった歌人に電話した。ほどなくして来た歌人は、お医者さまであって、謹厳で、きちんとした背広姿が、どうにもラーメン屋にそぐわない。院長室からそのまま来て坐っているというふうだった。方代さんと石田比呂志とその医者の歌人と、三人は何だか変だった。

突然、酔った方代さんが、ポケットから千円札の束をつかみ出して、「おれ、お金持ちなんだよ。はい。はい」と、まわりの客に一枚ずつ紙きれのように配りはじめたのである。すっとんきょうな行動に客は笑って、方代さんは、医者の歌人にも一枚おしつけた。身をひいて断るのだが、

「いいんだ、おれ、お金持ちなんだよ」

としつこくおしつける方代さんの目つきが、ぼんやりと印象に残った。

わたしは、方代さんがそんなとっぴな行動をとった理由がわかる気がする。この情景を思い出すたびに、方代さんの本質は勁《つよ》いものだったと思う。

ばかのふりをするけれども、暗い怒りを湛《たた》えたひとだった。

初稿初出目録

『迦葉』散策
「方代散策――『迦葉』を読む」『牙』二〇一〇年四月号～二〇一一年四月号
方代文体と鈴木信太郎訳『ヴィヨン詩鈔』
「鈴木信太郎訳『ヴィヨン詩鈔』からひき出されたもの」
『山崎方代追悼・研究』「山崎方代追悼・研究」編集委員会編（不識書院、一九八六年刊）
石のモチーフ
「方代の石」『方代研究』第十四号一九九三年二月
女言葉
「方代と女言葉」『歌壇』一九九八年九月号
方代文体と高橋新吉
「歌うこころ」『方代研究』第三十一号二〇〇二年七月
方代の修羅
『方代研究』二〇〇七年（二〇〇六年九月二日（土）第二十回方代忌　基調講演）

方代のヴィヨン

「山崎方代展　右左口村はわが帰る村」山梨県立文学館企画展図録、二〇一〇年五月

春風のようになるまで――歌集『右左口』とその時代

「春風のようになるまで」『方代研究』第三十七号二〇〇五年八月

〈古典〉としての「右左口村」と『甲陽軍鑑』――現代仮名遣い・口語まじり文体が根ざすところ

「現代仮名遣い・口語まじりの方代文体」『方代研究』第五十号二〇一一年二月

GRASS ROOTSの精神

「山崎方代……GRASS ROOTSの精神」『山口県歌人協会会報』第十五号二〇一一年三月

やまぐち二〇一〇・短歌大会講演記録　於　柳井クルーズホテル　二〇一〇年十一月二十八日

方代さんの思い出

「方代さんの思い出」『山梨日々新聞』一九八七年八月十八日初出

砂子屋書房現代短歌文庫『阿木津英歌集』一九八九年四月二十日所収

あとがき

本書のⅠは、歌誌「牙」二〇一〇年四月号から翌年四月号まで、ほぼ一年間にわたって連載したものである。Ⅱには、おりおりに書いてきた方代関連の評論・エッセイ・講演記録を集めた。やや内容に重複もあるが、いたしかたない。

執筆のもっとも早いものは一九八六年、一周忌を記念しての追悼集『山崎方代追悼・研究』（不識書院）に掲載された「鈴木信太郎訳『ヴィヨン詩鈔』からひき出されたもの」である。この書は、方代の所属した玉城徹主宰「うた」短歌会が中心になって編集したもので、のちの方代研究の端緒となった。ヴィヨンの鈴木信太郎訳というところに着目して神田の古本屋街を歩き回ったことが思い出される。

改めて書いてきたものを見渡すと、なぜヴィヨンが方代の最初の衝き動かしとなり、生涯をつうじて鈴木訳ヴィヨン語彙があらわれるのかという問題、また方代文体の創出過程にかかわって、わたしの関心が持続していたことがわかる。ヴィヨンとの関係については、二〇〇六年九月二日に行なわれた第二十回方代忌での講演「方代と修羅」で、ようやく得心がいったという思いがした。文体面については、何といっても最後の歌集『迦葉』は図抜けたもので、方代がここで飛躍している。その『迦葉』の歌を正面にひきすえて、一首ずつ味読してみよう、つぶさに眺めてみよう、そう思ってはじめた「牙」での連載であったが、はたして驚くような思いを何度もさせられた。方代の創作者としての彷徨をうかがい、その手の跡をたどることは、たのしい作業だった。

このような作業を通じて、いま明確に言えることがある。方代の歌は『迦葉』において近代(現代)短歌の束縛からすっきりと抜け出している。方代の没した一九八〇年代半ば以降ポスト・モダンという語が流行し、その流れのなかから若者たちの口語短歌が台頭したが、それらとはまったく異なるポスト・モダンの歌だと言っていい。

方代の歌は、無名の大衆であることの謳歌である。学問が無くても、エリートにならなくても、金と名誉に縁遠くても、人間として立派に生きていけるのだという自負があり、根づいたものの思想がある。これはマス・メディアの作り出した近代的な〈大衆〉とは似て非なるものであるばかりか、むしろそれをきびしく批判するものである。それゆえに、わたしは方代の歌をこそポスト・モダンと言いたいのである。

＊

年譜を見ると、わたしが歌を始めた昭和五十年は、方代が第二歌集『右左口』を出版したばかり、ようやく広く人々に知られはじめたばかりの頃だった。そのころ石田比呂志の歌を方代の歌と比較して評する新聞記事などもあったのを覚えているが、方代の歌人としてのありようを石田はつねに意識していたといっていい。歌など一首もつくらない市井の人々のなかへ溶け込むことのできるところも、一遍上人や空也のような遊行上人・捨聖をおのが身に引き寄せて切実に感じたところも、方代と石田はよく似ている。一遍上人は、上根、中根はともかく、下根の者は一切を捨てなければ往生し損なうと言った。下根の者以外でないおのれであるとすれば、一切を捨ててこそ歌を成就できようというもの。そう、腹にこたえて感じていた。

もっとも、方代ほど徹底した生活を選ぶことのできないところが、石田比呂志の比呂志らしいところ、と言ってよいが、玉城徹の『迦葉』解説における次のような一節は、大きく彼を刺激したことだろう。

一般に考えられているより遥かに、方代は意識的な作家であった。それは、自分の作品世界の中に「方代」という象徴的な主体を設定して、さらに、その主体を現実生活の中でみずから演じて見せたという、それだけのことではないのである。「方代の運命」とでも称すべきテーマを生きることを、この作者はつねに自分に課したのであった。こうした先取りによって、彼は「作中の方代」を産み出すことが出来たのである。

わたしは、石田比呂志のその後の創作のうえで、この一節がつねに去来していたことを疑わない。「作中の石田比呂志」を産み出そうとし、「その主体を現実生活の中でみずから演じて見せた」が、これがどうしてもそこどまりに終ってしまう。

方代について一冊の本をまとめようと思い立ったとき、歌集『迦葉』を対象に選んでそれを「牙」に連載したのは、そういう石田比呂志に読んでもらいたかったからでもある。

連載中、二〇一一年九月の方代忌に、偶然、上京のことがあって石田比呂志が出席したが、再会をたのしみにした根岸侊雄さんは急逝していた。十一月には、山口県で講演「山崎方代……GRASS ROOTSの精神」があり、会場の最後部で聞いてくれた。翌年二月二十四日、急逝。「牙」連載の最終回は葬儀直後に執筆したが、「詩と死・白い辛夷の花が咲きかけている」の「白」と、石田比呂志庭前の「白梅」の「白」、ほどなくして屋根の上に燦然とひらいた大辛夷の「白」と、あまりにも符丁の合いすぎるような思いに胸がつまった。

そういうわけで、この書を石田比呂志の霊に捧げたい。

出版に際しては、現代短歌社社長の道具武志氏、また今泉洋子さんにお世話になった。短歌新聞社時代に、今泉さんが方代で一冊まとめてはどうかと勧めてくれたのであった。心より感謝する。ありがとうございました。

二〇一二年六月二十三日

阿木津　英

方代を読む

平成24年11月 1 日　発行

著　者　阿木津　英
発行人　道具武志
印　刷　㈱キャップス
発行所　**現代短歌社**

〒113-0033 東京都文京区本郷1-35-26
振替口座　00160-5-290969
電　話　03（5804）7100

定価2500円（本体2381円＋税）
ISBN978-4-906846-20-7 C0092 ¥2381E